KB037045

노무사 오정연

지은이 **오주안**

음악교육과에서 클래식 악기인 플루트를 전공했다. 군악대 현역병 시절 부대 소개글을 써보라는 부대장의 추천으로 글과의 인연이 시작되었으며, 조정래 작가의 〈태백산맥〉을 읽으며 소설가가 되기로 결심했다.

저자는 특별한 일상을 단편소설로 남기는 독특한 취미를 가지고 있다. 약 2년간 고시촌에서 노동법을 공부한 바 있고, 이때 학습한 내용을 에피소드별로 묶어 노동법과 로맨스가 만난 장편 소설을 썼다. 현재 음악활동과 집필활동을 병행하며 작가의 삶을 살고 있다.

감수 **박원철**

2010년 공인노무사 시험에 합격한 19기 공인노무사.

대학에서 석사과정으로 노동법과 사회보장법을 수료했고, 공공기관 기획조정실 및 공기업 법무팀에서 근무하며 다방면으로 실무 경력을 쌓았다. 현재 유한노무법인의 파트너 노무사이자 공인노무사시험 노동법 전임 강사 및 공무원시험 노동법 강사 등으로 활동하며 실무와 강의를 병행하고 있다. 〈Actual 실전연습 노동법(공저)〉과 〈실전 노동법 사례연습〉 등 다양한 노동법 책을 썼다.

노무사 오정연

오주안 지음
박원철 감수

노무사(勞務士) [노무사]

「명사」「법률」 기업이 행정 관청에 제출하는 신고 · 신청 · 보고 · 청구 및 권리 구제 등에 관한 서류 작성을 대행하고, 상담 · 지도 · 진단 등의 노무 관리 업무를 맡아 처리할 수 있는 법적 자격을 갖춘 사람

추천의 글

노동법에 쉽게 접근할 수 있는 요령

노동법을 소설로 읽는다니 너무나 기발한 발상이다. 60년대 말 재단사 전태일은 한자투성이의 근로기준법해설서를 한자 사전을 펴놓고 한 글자 한 글자 찾아가며 읽었다. 세월이 흘러 이제 노동법은 인터넷을 통해 한글로 쉽게 접할 수 있게 되었지만, 일반인에게 법은 여전히 접근하기 어려운 성채처럼 남아 있다. 수많은 판례와 쉽지 않은 용어 때문에 도대체 된다는 것인지, 안 된다는 것인지 아리송할 때가 많다. 이 한 권의 소설로 노동법을 완전히 정복할 수는 없겠지만, 적어도 어떻게 접근할 수 있을지에 대한 요령은 터득할 수 있다. 일상의 에피소드를 재미있게 읽어가며 노동법을 배울 수 있으니 그 효과가 만점이다.

노회찬 재단 김형탁 사무총장

내가 법조인이 된 듯

무미건조한 판례 문구가 눈 앞에서 생동감 있게 재현되어 내가 법조인이 된 듯 하다. 근로자와 법을 공부하는 수험생에 적극 추천한다.

문성근 노무사 (공인노무사 30기)

노동문제를 소설로

우리 주변에서 일어나는 일이지만, 접근하기 어려울 수 있는 노동문제를 소설로 엮어 쉽고 자세하게 이야기하고 이를 통해 등장인물들이 성장해가는 모습을 보는 재미 또한 있는 작품입니다.

고광일 노무사 (공인노무사 30기)

현장감을 더하는 실제 판례

사건을 전개하는 저자의 글솜씨와 더불어 중간중간 실제 사건판례를 음미할 수 있어 현장감을 더한 작품입니다. 고용관계의 복잡한 현실을 쉽게 이해하고자 하는 분들께 일독을 권합니다.

최중락 (위너스경영아카데미/공단기 경영학 강사)

목차

대한민국 헌법 제32조

① 모든 국민은 근로의 **권리를 가진다**
국가는 **사회적 · 경제적 방법**으로
근로자의 **고용의 증진**과 **적정임금의 보장**에
노력하여야 하며, **법률이 정하는 바**에 의하여
최저임금제를 시행하여야 한다.
② **모든 국민은 근로의 의무를 진다**
국가는 근로의 **의무의 내용**과 **조건**을
민주주의원칙에 따라 법률로 정한다
③ 근로조건의 기준은 **인간의 존엄성을**
보장하도록 법률로 정한다
④ **여자의 근로**는 **특별한 보호**를 받으며,
고용 · 임금 및 근로조건에 있어서
부당한 차별을 받지 아니한다
⑤ **연소자**의 근로는 **특별한 보호**를 받는다
⑥ **국가유공자 · 상이군경 및 전몰군경의 유가족은**
법률이 정하는 바에 의하여 **우선적으로**
근로의 기회를 부여받는다

근로기준법 제1조(목적)

이 법은 헌법에 따라 근로조건의 **기준**을
정함으로써 근로자의 **기본적 생활**을 **보장**,
향상시키며 **균형** 있는 국민경제의
발전을 꾀하는 것을 **목적으로 한다**

Prologue.

그녀와 그의 시간

*****

알람 소리에 눈을 뜨자마자 소영은 커튼부터 활짝 걷었다. 따사로운 아침 햇살이 쏟아지자 그녀의 얼굴에 미소가 피어올랐다.

"하아, 좋다."

소영은 더 이상 검은 옷을 입지 않았다. 입을 필요도 없었고, 입고 싶지도 않았다. 지금 그녀는 자신의 미소처럼 밝은

옷을 입고 있었다. 간단히 아침 식사를 마친 소영은 창가에서서 커피 한 잔의 여유를 즐겼다. 휴식다운 휴식, 어렸을 때부터 쉬어본 적이 없었기에 지금의 시간들이 더욱 달콤하게 느껴졌다.

동생 윤영이가 태어나자마자 소영은 아버지를 잃었다. 어머니는 딸과 아들을 위해 어떻게든 버텨보려고 노력했지만, 남편을 떠나보낸 슬픔은 시간이 갈수록 더욱 쌓여갔다. 언제 쓰러져도 이상할 게 없을 정도로 허약해진 어머니는 소영이 중학생이 된 지 얼마 지나지 않아 몸져누워버렸다. 형편이 넉넉하지 않았기에 누군가는 경제활동을 해야만 했다. 그때부터 소영은 엄마 같은 누나로, 그리고 가장으로 살아갔다.

매달 아르바이트로 번 돈을 어머니에게 드렸다. 한참 공부하고 친구들과 어울려야 할 나이였다. 딸에게 무거운 짐을 떠넘겼기에 어머니는 금방이라도 쏟아질 것 같은 눈물을 참으며 매번 소영에게 미안하다고 했다. 그러면 소영은 어느 때보다 밝게 웃으며 괜찮다고 말했다. 괜찮지 않았지만 괜찮아야 했다.

이 세상 누구보다 아름답던 엄마의 눈이 점점 빛을 잃어가는 걸 소영은 모르지 않았다. 철없이 반찬투정을 하는 윤영이가 미운 적도 많았지만, 누군가는 밥을 챙겨야 했다. 눈물이 날 정도로 힘들 때면 소영은 스스로를 다독였다. "난 괜찮아……. 정말 괜찮아……."

수능날도 그렇게 버텼다. 누군가는 수고했다며 가족들과 외식에 나섰고, 누군가는 수능날조차도 일을 쉬면 안 됐다. 소영은 그 가족들이 앉은 테이블에 서빙을 하며 부러운 듯이 바라보긴 했지만 이마저도 견딜 수 있었다. "난 괜찮아, 정말 괜찮아……. 내겐 엄마랑 윤영이가 있으니까 정말 괜찮아……."

그러나 그 일은 달랐다. 수천 번 괜찮다고 외쳤지만 도저히 괜찮아질 수 없었다. 예전으로 절대 돌아갈 수 없다고 좌절하던 그때, 아빠를 닮은 그를 만났다. 그는 대신 싸워줬고, 진심으로 위로해줬다. 차디찬 절망 속에서 그는 희망처럼 다가왔다. 소영은 다시 웃을 수 있게 해준 그에게 진심으로 고마웠다. 좋은 사람, 그리고 내가 좋아하는 사람…….

정연을 떠올리며 설렌 감상에 잠겼던 소영은 책상 위에 걸린 시계로 시선을 옮겼다. 공부할 시간이었다. 결코 쉬운 공부는 아니었지만, 재밌기도 했고 무엇보다 그와 가까워지는 기분이 들었다. 더군다나 오늘 공부할 내용은 '임금'이었다.

노동법 교재를 읽던 소영은 한 대법원 판례를 보자 반가운 마음에 미소가 지어졌다. 정연이 꼼꼼하게 설명해줬던 포괄임금제 판례였다.

"그때 노무사님 자상하고, 진짜 멋있었는데. 노무사님은 잘 지내실까……."

소영은 잠시 펜을 내려놓고 정연과의 시간들을 떠올렸다. 그 시간들이 정말 많이 감사했기에 다시 기쁜 마음으로 공부를 할 수 있었다.

정연은 평상시와 다르지 않은 시간을 보내고 있었다. 하지만 몇몇 변화는 있었다. 의뢰인을 만나 상담을 하던 정연이 물었다.

"그러니까 회사에서 임금 대신 어음을 줬다는 말씀이죠?"

"네, 맞습니다. 현재 월급을 줄 여건이 안 된다면서 거래처에 받을 돈이 있으니까 알아서 받으라고 했습니다. 이런 것도 문제가 되나요?"

"근로기준법 제43조에서는 임금 지급의 4대 원칙을 규정하고 있습니다. 임금은 대한민국에서 통용되는 화폐로, 근로자에게 직접, 전액을, 매월 1회 이상 날짜를 정해서 지급해야 합니다. 이걸 통화 지급의 원칙, 직접 지급의 원칙, 전액 지급의 원칙, 정기 지급의 원칙이라고 부릅니다."

"그러면 저희 회사에서는 뭐를 어긴 거죠?"

"월급 대신 어음을 줬으니까 통화 지급의 원칙을 위반한 겁니다. 법으로 강제된 사항을 위반했으니 당연히 무효고요, 그리고 월급의 일정 금액을 다른 걸로 지급했었……."

이게 정연에게 생긴 변화였다. 길을 걷다가도, 밥을 먹다가도, 일을 하다가도 불현 듯 그 사람이 떠올랐다. 지금처럼 임금 사건을 맡을 때면 더욱 더 그녀가 생각났다. '소영 씨는 잘 지내고 있을까…….'

"노무사님?"

"아! 죄송합니다. 제가 어디까지 말씀드렸죠?"

"월급 대신 가전제품을 준 것에 대해 말씀하시려고 그랬던 것 같아요."

"네, 맞습니다. 그것 역시 통화 지급의 원칙 위반이에요. 현금이 아니니까요."

상담을 끝낸 정연은 의뢰인이 나가자 다시 생각에 잠겼다. '내가 진짜 왜 이러지…….' 모르는 척 스스로에게 질문을 했지만, 이유를 알고 있었다. 왜 자신이 이토록 넋 나간 사람처럼 한숨이 일상이 되어버렸는지 정연은 알고 있었다.

그래서 두려웠다. 혹시라도 소영에게 전화를 할까봐, 혹시라도 소영과 만나게 될까봐, 혹시라도 소영을 좋아하게 될까봐, 그래서 혹시라도 절대 하지 않겠다는 다짐을 깨버리고 사랑 따위를 하게 될까봐!

아팠다. 가슴이 답답했고, 참으려고 할수록 오히려 한숨이 나왔다. 차라리 심장이 멈춰버리면 얼마나 좋을까…….

그 사람의 속사정을 모르는 사람은 던지듯이 말할 수 있다. 왜 이겨낼 생각을 하지 못하냐고. 그러나 당사자의 입장에 서면 완전히 다르다. 이겨낼 수 없으니까 이겨낼 생각을 하지 않는다고.

정연 역시 마찬가지였다. 이겨낼 생각 자체가 사치였다. 누군가를 좋아하는 마음? 사랑이라는 감정? 적어도 정연에게는 저주였다. 분명한 저주였다. 스쳐갔던 과거의 시간은 상처가 되어 그의 가슴에 흔적으로 남아 있었다. 그리고 흔적은 생각보다 깊었다.

인연과 악연

원인과 결과가 짝을 이루듯, 행동에는 책임이 뒤따른다.
악한 의도는 악연이 되어 대가를 치르게 될 것이며,
선한 행동은 인연이 되어 언젠가는 보답을 할 것이다.
이는 인간관계의 변치 않는 진리다.

*****

의뢰 내용- 이력서 허위기재와 근로계약의 취소

의뢰인이 사무실에서 나가자 민주 사무장이 입을 쩍 벌린 채 양손을 모으며 말했다.

"사람이에요, 조각이에요? 살다 살다 저런 사람을 보는 날이 다 있네요. 저 사람 어머니는 전생에 나라를 구한 게 분명해요. 어머머, 오늘 로또라도 사야 하나."

"하……."

정연의 입에서 한숨이 쏟아졌다. 최근 들어 한숨이 잦아진 정연이었지만, 지금은 다른 이유에서 답답한 마음이 깊은 탄식처럼 흘러나왔다. 민주 사무장이 이유를 알겠다는 듯이 입을 열었다.

"땅 꺼지겠어요. 저런 사람 옆에 있으면 누구라도 오징어 돼요. 너무 자책하지 마요."

"그런 게 아니라……."

그녀는 궁금하다는 듯 입을 삐죽 내밀며 모든 관심을 정연에게 집중시켰다. 정연이 말했다.

"그러니까 말이죠!"

40분 전.

'짤랑, 짤랑' 사무실 출입문에 달린 종소리와 함께 한 남자가 들어왔다. 민주 사무장은 어느 때와 마찬가지로 인사부터 하며 고개를 돌렸다.

"어서오세……."

민주 사무장의 눈은 금방이라도 튀어나올 듯이 커져있었다. 그녀는 손으로 입을 막으며 "어머, 어머."라는 감탄사만을 연신 내뱉었다.

방문 밖으로 들리는 소리에 정연은 로비로 나갔다. 거기에는 얼핏 봐도 185cm는 되어 보이는 남자가 서 있었다. 쩍 벌어진 어깨, 뚜렷한 이목구비, 순간 '정우성이 우리 법인에 무슨 일로?' 라는 생각마저 들었다. 그 정우성은 정연에게로 걸어오며 손을 내밀었다.

"오정연 노무사님이시죠? 윤성일입니다."

아! 오늘 상담 받으러 오신 분이구나! 이제야 의뢰인이라는 걸 깨달은 정연도 윤성일을 향해 손을 내밀었다. 간단히 인사를 마친 이들은 정연의 방으로 들어갔다.

잠시 후, 민주 사무장이 음료와 간단한 다과를 챙겨서 정연의 방으로 들어왔다. 접객은 민주 사무장의 직무가 아니다. 그럼에도 손수 챙겨서 가져온 건 이번이 처음이었다. 민주 사무장은 아주 천천히 쟁반의 내용물을 테이블로 옮기며 한편으로는 윤성일을 훔쳐봤다. 그녀의 목적이 뚜렷해 보이는 호의는 정연이 헛기침을 점점 크게 세 번이나 하고서야 끝이 났다.

방해꾼이 사라지자 윤성일이 먼저 입을 열었다.

"노무사님도 신림동에서 공부하셨어요?"

"네. 고시촌에서 공부했어요. 어떻게 아셨어요?"

"저도 한 때는 노무사가 목표였습니다. 7년 전쯤 된 거 같은데 반년 정도 공부하다 생각보다 어려워서 다른 길을 선택했습니다."

"노무사가 되셨으면 스타 노무사가 되셨을 텐데 많이 아쉽네요. 현관에서 뵙고 정말 놀랐어요. 태어나서 직접 본 사람 중에 가장 잘 생기셨어요."

한 번 시작한 고시촌 이야기는 끝도 없이 흘러나왔다. 어디 고시식당이 맛있었다는 둥, 스터디가 어땠다는 둥 잠시 삼천포로 빠진 이야기는 10분이 넘어서야 제자리로 돌아왔다. 정연이 물었다.

"그런데 부당해고를 당하셨다고요?"

윤성일은 민주 사무장이 가져온 차가운 음료를 마신 후 대답했다.

"네. 서면통지를 받지 못했습니다."

해고. 즉, 고용관계에 있는 사용자와 근로자 중 사용자만의 일방적인 의사에 의해 근로자의 의사와 상관없이 근로계약이 종료되는 걸 의미한다. 사용자가 해고를 하기 위해서는 내용상 정당성과 절차적 정당성을 모두 갖춰야 한다. '내용상 정당성'이란 해고 사유와 관련된 문제로, 일반적으로 근로기준법 제23조 제1항에 따른 정당한 사유가 있어야 한다. '절차적 정당성'이란 해고에 필요한 일련의 절차를 잘 갖추었는지를 의미하는데, 이 역시 일반적으로 근로기준법 제

27조 제1항에 따른 해고 사유와 시기 등을 서면으로 통지해야 한다. 내용상 또는 절차상 하자가 존재한다면 해고는 무효가 된다. 정연이 물었다.

"어떤 회사에서 어떤 업무를 담당하셨나요?"
"A백화점에서 현장 매니저로 근무했습니다."
"A백화점이요? 백화점처럼 큰 사업장에서 서면통지를 위반했다고요?"
"현장에서 즉시 해고를 당하는 바람에 그쪽에서도 깜빡한 것 같습니다."

서면통지 위반은 근로기준법을 명백히 위반한 거라 부당해고임은 확실하다. 그러나 정연은 다른 의미에서 의문이 들었다.

"즉시 해고를 당하셨다면 그 사유는 무엇이었습니까?"
"그게 말이죠."
"제가 사건 정황을 정확히 파악해야 변수가 생겨도 바로바로 대응할 수 있으니까 최대한 구체적으로 말씀해주세요."

"이력서에 경력을 살짝 부풀려서 기재했는데 그게 문제가 된 모양입니다."

"'살짝'이면 어느 정도를 말씀하시는 거죠?"

"경력직 채용이라 없는 경력을 채워 넣었는데 정말로 제가 뽑힐 줄은 몰랐습니다."

이 정도면 살짝이 아닌데! 정연은 뭔가 좋지 않은 촉이 발동했다.

"혹시 이전에도 비슷한 경우가 있었나요?"

"하하하, 제가 그렇게 나쁜 사람처럼 보이십니까?"

의뢰인은 머쓱한 듯 다리를 반대 방향으로 꼬았다. 정연은 앉은 자리에서 고개를 숙였다 펴며 말했다.

"기분 나쁘셨다면 죄송합니다. 저는 최대한 많은 정보를 듣기 위해서 여쭤본 거니……."

"아닙니다, 아닙니다. 아무튼 사측도 채용할 때 신중하지 못한 부분도 있었고 근로기준법 명백한 위반이니 이 사건 노무사님께 맡기겠습니다."

윤성일은 노무사 수임계약서에 서명을 하고는 사무실에서 나갔다.

부당해고 구제신청은 노동위원회에 해고를 당한 지 90일 안에 접수를 해야 한다. 윤성일이 부당해고를 당한 건 88일 전이다. 노무사 공부를 했다면 어느 정도 노동법 지식이 있을 것이다. 경력 사칭에 따른 즉시 해고와 해고 서면통지 위반, 거기에 부당해고 기간을 최대한 늘리려는 듯이 해고된 지 88일 만에 노무사를 찾아온 것까지, 아무래도 이거……. 정연은 노동법에 존재하는 '구멍'을 떠올렸다.

전후 사정을 모두 들은 민주 사무장은 눈을 게슴츠레 뜨며 물었다.

"찝찝하죠?"
"하, 당연히 그렇죠. 이런 상태로 제대로 된 변호를 할 수 있을지나 모르겠어요."

"그러면 확인해 보면 되죠."

정연과 민주 사무장은 우리나라 지도를 반씩 나누어 백화점마다 전화를 했다. 다행인지 불행인지 현장 매니저로 윤성일이라는 사람이 근무한 적은 없다고 했다. 정연이 말했다.

"제가 괜히 의심했나 봐요. 은근 미안해지네요."

"제가 보더라도 충분히 의심될 만한데요, 뭘. 그런데 바보가 아니고서야 동종업계에 똑같은 짓을 또 했을까요?"

"듣고 보니 그 말도 일리가 있는데요?"

"백화점과 비슷한 업종이 뭐가 있을까요? 할인마트? 아니야, 업종은 비슷한데 느낌이 뭔가 달라."

잠시 명탐정에 빙의된 민주 사무장은 자신의 턱을 괴며 로비 구석구석을 돌아다녔다.

"손님을 접대하면서도 왠지 깔끔하게 옷을 입을 것 같은 그런 일이라면……."

“호텔!” / “호텔!”

동시에 외친 이들은 약속이라 한 듯 자신의 컴퓨터 앞에 앉았다. 민주 사무장과 정연은 이번에도 우리나라 지도를 반으로 갈라 전국의 호텔에 연락을 취했다. 정연이 열세 번째 호텔에 확인을 마칠 무렵, 민주 사무장이 정연의 방문을 발칵 열며 말했다.

“부산이에요, 부산! 부산에 있는 호텔에서 윤성일이라는 사람이 근무한 적이 있었는데 그때도 경력 사칭이었대요. 서면통지 위반으로 해고가 무효라면서 재판까지 갔었대요!”

“허, 우리 예상이 틀리지 않았네요. 이걸 좋아해야 하나, 말아야 하나…….”

민주 사무장은 이 상황 자체가 이해할 수 없는지 정연에게 물었다. 보통의 사람이라면 누구나 의문을 가질 맹점이었기 때문이다. 근로기준법을 누구보다 잘 아는 정연이 ‘구멍’이라고 여기는 이유 역시 같은 맥락이었다.

“경력을 사칭한 사람에게도 근로계약서대로 월급을 다 줘야 돼요? 그 근로계약은 사기나 마찬가지잖아요.”

“일단 근로계약은 유효하게 성립한 거예요. 보통 사기에 의한 계약을 취소하면 민법 제110조에 의해 소급해서 무효가 되는 게 원칙이에요. 계약이 없던 것과 마찬가지가 되니까 서로 준걸 돌려줘야 돼요. 그런데 근로계약은 조금 달라요. 이미 제공한 노동력을 돌려받을 수 없는 점도 있고, 근로계약 취소가 해고에 해당한다면 해고의 사유와 절차상 정당성을 모두 갖춰야 해요.”

 **[근로계약의 취소와 소급효의 제한]**

대법원 판례 2017.12.22. 2013다25194

근로계약은 근로자가 사용자에게 근로를 제공하고 사용자는 이에 대하여 임금을 지급하는 것을 목적으로 체결된 계약으로서 기본적으로 그 법적 성질이 사법상 계약이므로 계약체결에 관한 당사자들의 의사표시에 무효 또는 취소의 사유가 있으면 그 상대방은 이를 이유로 근로계약의 무효 또는 취소를 주장하여 그에 따른 법률효과의 발생을 부정하거나 소멸시킬 수 있다. 다만, 그와 같이 근로계약의 무효 또는 취소를 주장할 수 있다 하더라도 근로계약에 따라 그 동안 행하여진 근로자의 노무 제공의 효과를 소급하여 부정하는 것은 타당하지 않으므로 이미 제공된 근로자의 노무를 기초로 형성된 취소 이전의 법률 관계까지 효력을 잃는다고 보아서는 아니 되고, 취소의 의사표시 이후 장래에 관하여만 근로계약의 효력이 소멸된다고 보아야 한다.

판례 전문보기

"답답하네요, 진짜. 그러면 사측은 손 놓고 당할 수밖에 없는 거네요?"

"경력 사칭에 따른 실손해액을 측정해서 손해배상 청구소송을 하는 방법이 있다고는 하는데 실손해액을 측정하는 게 사실상 정말 많이 애매해서 대부분 포기해버린다고 들었어요. 그리고 채용할 때 신중하지 않았으니 책임이 전혀 없다고 볼 수도 없죠."

"그 사람 그렇게 안 봤는데 좀 별로네요."

"아마도 그게 문제인 것 같아요."

"네?"

"지나치게 외모라는 한 면에만 현혹돼서 정작 다른 걸 놓쳐버린 거죠. 경영학에서는 이런 걸 후광효과(Halo Effect)라고 한 대요. 저 같은 사람이 경력 사칭을 했다고 생각해보세요. 정말 운이 좋아 면접까지 갔다고 해도 채용 결정전에 꼼꼼하게 확인했을 거예요. 이건 윤성일 씨였으니까 가능한

게 아니었을까요?"

"무슨 애기를 그렇게 재밌게 해?"

사무실에 막 들어온 정석 노무사는 정연과 민주 사무장의 대화에 관심을 보였다. 자초지종을 들은 정석은 정연의 어깨에 손을 올리며 물었다.

"그래서 어떻게 할 거야?"

"별 수 있나요. 이미 수임계약도 해버렸는데요. 지방노동위원회에서 상대방이 부당해고를 인정하게끔 해야죠."

"만약 인정 안 하면?"

"인정안하면 부당해고 기간 동안의 임금 상당액이 계속 늘어만 날 텐데 설마 인정 안 하겠어요?"

"심리적 압박 수단으로 최대한 길게 끌고 갈 수도 있잖아. 백화점 측에서는 그 사람이 부당해고 기간 임금 상당액을 노리고 있다는 사실을 모를 테니까. 그리고 이런 사실을 알고 있는 너는 그 사람 대리하면서 마음이 편하겠어?"

"절대 아니죠. 그럼 어떻게 할까요?"

이런 사건을 접해본 건 처음이었기에 정연은 적절한 방법을 떠올리지 못했다. 반면, 베테랑 노무사인 정석은 누구에게도 불합리한 피해가 가지 않는 방법을 알고 있었다. 그가 정연의 어깨를 툭툭 두드리며 말했다.

"일단 상대방이 바로 인정하는지, 아니면 길게 갈 건지를 잘 파악한 다음 길게 끌고 갈 것 같으면 있는 그대로를 얘기하는 거야. 어찌되었든 최대한 빨리 사건을 마무리 짓는 게 너와 그 의뢰인과의 수임계약 내용이기도 하니까. 그 사람이 어떤 속내를 가지고 있는지까지 고려할 필요는 없잖아."

머리가 번쩍 뜨이는 기분이랄까, 정연은 자리에서 벌떡 일어나며 정석에게 경의에 찬 눈빛을 가득 보냈다.

"오! 선배!"
"나 오늘 바쁘니까 내 방에 오지 마."

정석은 손을 흔들며 자신의 방으로 들어가 버렸다. 그런데 기분 탓이었을까, A백화점 이야기가 나온 줄곧 정연의 눈에 비친 민주 사무장의 표정은 좋아 보이지 않았다.

의뢰 내용- 비진의에 의한 사직서 제출과 해고

얼마 지나지 않아 한 남성이 사무실 문을 열고 들어왔다. 윤성일처럼 키가 크진 않았지만 상당히 준수한 외모였다. 정연은 '오늘 무슨 날인가?'라는 생각마저 들었다.

"5시 반에 상담 예약한 박우영입니다. 제가 너무 일찍 왔을까요?"

"아닙니다. 어서 오세요. 오정연 노무사입니다."

박우영과 악수를 나누던 정연은 등 뒤에서 무언가 부담스럽지만 따뜻한 시선을 느낄 수 있었다. 뒤를 돌아보자 이번에도 좋아서 어쩔 줄 몰라 하는 민주 사무장이 보였다. 이거 오늘 정말 로또 살 것 같은데! 정연은 민주 사무장의 눈빛을 외면하며 박우영을 데리고 자신의 방으로 들어갔다. 상담이 시작되자마자 박우영은 과열된 자신의 억울한 상황을 토로했다.

"3달 전쯤에 인사팀장이 자기 방으로 저를 불렀습니다. 입사할 때 작성했던 이력서에 문제가 있다면서요. 조만간 징계위원회에 회부될 거라고 했습니다."

"이력서에 문제가 있었다고요? 혹시 존재하지 않은 경력을 적으셨습니까?"

"그 반대입니다. 존재하는 걸 적지 않아서 문제가 됐습니다. 제가 대졸인데 학력에는 고졸로만 적었습니다."

조금 전 다녀간 윤성일 때문에 잠시 색안경을 껴버린 정연, 그게 단 몇 초였지만 미안한 마음이 들었다.

근로자 스스로가 자신의 경력을 누락시킨 게 왜 문제가 되냐고 의문을 가질 수 있지만 경력 누락도 이력서 허위기재에 해당된다. 대다수의 회사가 취업규칙에서 이력서 허위기재에 대한 징계를 규정하고 있으며, 정도가 심할 경우 징계해고를 당할 수도 있다.

대법원은 가정적 인과관계 즉, '그러한 사실을 알았더라면 근로계약을 체결하지 아니하였거나 기존의 근로계약과 동일한 조건으로 근로계약을 체결하지 아니하였으리라고 판단될 때' 뿐만 아니라 현재의 사정 즉, 허위기재 사실이 직장질서에 초래한 혼란 등을 종합적으로 고려하여 징계처분의 유효성을 판단하고 있다.

[이력서 허위기재의 징계해고 정당성 판단]

대법원 판례 2012.07.05. 2009두16763

학력허위기재로 징계를 하는 경우 사회통념상 고용관계를 계속할 수 없을 정도인지는 고용 당시의 사정뿐 아니라, 고용 이후 해고에 이르기까지 그 근로자가 종사한 근로의 내용과 기간, 허위기재를 한 학력 등이 종사한 근로의 정상적인 제공에 지장을 초래하는지 여부, 사용자가 학력 등의 허위 기재 사실을 알게 된 경위, 알고 난 이후 당해 근로자의 태도 및 사용자의 조치 내용, 학력 등이 종전에 알고 있던 것과 다르다는 사정이 드러남으로써 노사 간 및 근로자 상호 간 신뢰관계의 유지와 안정적인 기업경영과 질서유지에 미치는 영향 기타 여러 사정을 종합적으로 고려하여 판단해야 한다.

판례 전문보기

정연이 물었다.

"대졸 학력은 왜 빼신 건가요? 대학교를 나오신 게 흠은 아니잖아요?"

"그게 말입니다. 제가 대학생 때 학생회 활동을 했었는데 운동권처럼 보일 것 같은 우려도 있었고, 무엇보다 고졸로 지원하면 유리할 거라는 소문을 들었기 때문입니다. 대졸로 입사하면 월급은 조금 더 받을 수 있을지는 몰라도 취업하는 거 자체가 힘들었으니까요. 고졸로 해서 빨리 돈을 버는 게 장기적으로 보면 더 이득일거라고 생각했습니다."

"채용 당시의 사정에 대해 말씀해주시겠어요? 지원 자격이라든지, 필요한 자격증 또는 고졸만 지원할 수 있었는지 그런 것들이요."

"학력은 무관이었습니다. 대신 관련 자격증은 필요했습니다. 당시 이미 자격증은 딴 상태라 딱히 잘못되었다는 점은 못 느꼈고, 13년이나 지난 지금에서야 갑자기 문제를 삼은 이유도 모르겠습니다."

"얼핏 말씀만 들어도 징계해고는 좀 과한 부분이 있는 것 같네요. 징계 사유와 수단은 양정이 맞아야 하는데 지금은 사유에 비해 수단이 지나친 것 같습니다."

"그런데 전 징계해고를 당한 게 아닙니다. 마른하늘에 날벼락도 이런 날벼락이 없습니다."

박우영은 부르르 떨리는 양손으로 얼굴을 잠시 감싸고는 주먹을 강하게 쥐었다 펴며 말을 이었다.

"인사팀장이 그러더군요. 이력서 허위기재는 징계해고 사유라고요. 새로 부임한 사장님이 이력서 허위기재에 상당히 예민하다면서 이번에 대대적인 감사가 있을 거라고요. 그러면서 반성한다는 의미로 사직서를 제출하라고 하더군요."

"사직서 제출이요?"

"실제로 퇴사하려는 목적이 아니라 당사자들이 이렇게 반성하고 있다는 의미로 사장님께 보여드릴 거라고, 퇴사와는 절대 무관하다며 사직서를 제출하라고 했습니다. 이 말에 너무 어이가 없어서 인사도 안 하고 작업장으로 복귀했습니다."

"잘 하셨어요. 일단 사직서를 제출하면 정말 불리한 위치에 서게 되는 거예요."

정연의 말처럼 사직서를 제출하면 사정이 많이 달라진다. 이미 근로자가 자발적으로 사직서를 제출한 이상, 존재하는 사직서의 효력을 부정하는 주장을 해야 하기 때문이다. 하지만 박우영은 이러한 사정을 알지 못했다.

"아닙니다. 제출했습니다. 매일 찾아와서 도와주려는 사람 마음을 왜 몰라 주냐며 닦달하길래 그만 제출하고 말았습니다."

"그래서 그 사직서 때문에 회사를 나오신 거예요?"

박우영은 입술에 힘을 준 상태로 고개를 끄덕였다. 이미 사직서를 제출했다라, 이거 쉽지 않겠는데……. 정연 역시 생각이 깊어졌다.

[비진의에 의한 사직서의 효력]

대법원판례 1991.7.12. 90다11554

가. 진의 아닌 의사표시인지의 여부는 효과의사에 대응하는 내심의 의사가 있는지 여부에 따라 결정되는 것인바, 근로자가 사용자의 지시에 좇아 일괄하여 사직서를 작성 제출할 당시 그 사직서에 기하여 의원면직 처리될지 모른다는 점을 인식하였다고 하더라도 이것만으로 그의 내심에 사직의 의사가 있는 것이라고 할 수 없다.

나. 사용자가 근로자로부터 사직서를 제출받고 이를 수리하는 의원면

직의 형식을 취하여 근로계약관계를 종료시킨다고 할지라도, 사직의 의사없는 근로자로 하여금 어쩔 수 없이 사직서를 작성 제출하게 한 경우에는 실질적으로는 사용자의 일방적 의사에 의하여 근로계약관계를 종료시키는 것이어서 해고에 해당하고, 정당한 이유 없는 해고조치는 부당해고에 다름없는 것이다.

판례 전문보기

정연이 말했다.

"민법 제107조에서는 비진의 의사표시에 대해 규정하고 있습니다. 표의자가 진의 아닌 의사표시를 하여도 그 의사표시는 유효합니다. 다만, 상대방이 표의자의 진의 아님을 알았거나 알 수 있었을 경우에는 그 의사표시는 무효입니다. 바꿔 말하면, 사직의 의사가 진심이 아니었다는 걸 인사팀장이 알고 있었으니 사직서는 무효가 됩니다. 문제는 입증이죠. 저희는 인사팀장이 종용했다고 주장하겠지만 상대방은 그런 일 없었다고 할 게 뻔합니다. 입증책임은 이를 주장하는 쪽에서 전담하니까요."

기대가 사라졌는지, 박우영은 고개를 푹 숙이며 말끝을

흐렸다.

"그럼 어쩔 수 없는 걸까요……."

"해보는 데까지 해봐야죠. 혹시 사직서를 제출하라는 걸 말로만 지시했습니까? 아니면 메신저라든지 이메일 등으로 연락 받으신 적은 없고요?"

"있습니다. 직접 찾아오는 게 대부분이었지만 문자메시지도 몇 번 받기는 했습니다. 잠시만요."

박우영은 주머니에서 스마트폰을 꺼냈다. 그는 정연에게 인사팀장에서 받은 문자메시지를 보여줬다.

"개, 새……, 끼?"

"아, 인사팀장입니다. 제가 너무 화가 나서 이름을 이렇게 바꿔놨는데……. 보여드릴 줄 몰랐습니다."

머쓱한 듯 쓴 웃음을 지은 의뢰인에게 휴대폰을 건네받은 정연은 천천히 대화 내용을 살펴봤다. '왜 아직 안 하셨습니까?', '더 시간 끄시면 도와드리고 싶어도 도와드릴 수가 없습니다.'와 같은 말들은 있었지만 사직서라는 단어는 빠져 있었다. 제3자의 입장에서 봤을 때, 진심으로 도와주기 보다는 의도적으로 중요한 단어를 뺀 것처럼 보였다. 정연이 물었다.

"혹시 비슷한 방법으로 퇴사하신 분들이 더 계실까요?"

"그건 저로서는 모르겠습니다."

"해고 대신 이런 방식을 취했다면 피해를 보신 분들이 더 계실 것 같아서요. 동시다발적으로 퇴사하신 분들이 계시다면 사직서 자체가 인사팀장의 종용이었다는 점을 입증하는 데 도움이 될 수도 있고요."

"그렇다면 제가 확인을 해보도록 하겠습니다."

"네, 부탁드리겠습니다. 혹시 제출하신 사직서 사본을 가지고 계신가요? 사직서에 어떤 내용이 적혀있는지에 따라서 증거로 쓰일 수도 있어서요."

"저희 집에 프린터가 없어서 회사에서 출력하려고 이메일에 보낸 게 있습니다. 금방 찾을 수 있을 겁니다."

"그러면 오히려 잘 됐네요. 만약 사측에서 사직서를 분실했다고 그러더라도 이메일에 보낸 날짜와 시간이 남아있을 테니, 제출했던 사직서와 동일한 거라고 충분히 주장할 수 있을 거예요."

"만약에 인사팀장이 종용해서 사직서를 썼다는 게 밝혀지면 그 후에는 어떻게 됩니까?"

"퇴사 자체가 무효니까 회사와의 근로관계는 여전히 유지되고 있는 상태입니다. 이건 부당해고와 마찬가지라서 부당해고 기간 동안 일했으면 받았을 금액을 전부 받으실 수 있고요."

"정말이십니까? 그게 정말입니까?"

"네. 그런데 좋아하시기는 아직 이릅니다. 저희가 부당해고 구제신청을 하면 사측에서도 만반의 준비를 다해서 나올 테니까요. 어찌되었든 이미 사직서를 제출하신 이상 쉽지 않은 싸움이 될 것 같습니다."

"그래도 희망은 있다니 힘이 납니다."

박우영은 사직서와 근로계약서 등 도움이 될 만한 자료를 가지고 내일 같은 시간에 다시 오기로 했다. 오늘만 이력서 허위기재 사건이 두 건. 한 명은 없는 걸 있게, 다른 한 명은 있는 걸 없게. 비슷해 보이지만 아주 다른 이 사건들의 결말이 정연도 궁금해지기 시작했다.

선한 영향력, 악한 영향력

그리고 한 달 뒤, 결과를 예측하기 힘든 이 싸움은 지방노동위원회에서 다뤄졌다.

노동위원회 심문회의에서는 신청인과 피신청인 양측 당사자를 출석시켜 사건 내용 등의 사실관계 등을 확인한다. 이미 서면으로 제출된 내용 중에서 의문이 있거나 추가적으로 확인할 사항들을 질문하게 된다. 조사관의 사건 개요 낭독이 끝나자, 근로자위원과 사용자위원의 본격적인 질문이 시작되었다.

근로자위원은 정연이 제출한 사실확인서를 다시 한번 살펴본 다음, 피신청인인 사용자 측을 향해 입을 열었다.

"신청인 3인은 비슷한 시기에 비슷한 사유로 사직서를 제출했군요. 신청인 측에서는 인사팀장이 사직서 제출을 종용했다고 주장하고 있고요."

이에 사측에서 선임한 노무사가 기다렸다는 듯이 답변했다.

"인사팀장이 먼저 접촉을 시도한 건 이력서 허위기재 사실이 발각되었기에 징계위원회에 회부될 것임을 알리려는 것일 뿐, 사직서 작성을 종용했다는 근거가 될 수는 없습니다. 이는 어떠한 증거도 제시하지 못한 신청인 측의 단순한 주장일 뿐입니다."

단칼에 베어버리듯 단호했다. 근로자위원이 질문을 이어갔다.

"신청인 전원은 10년 이상 장기 근속했으며, 징계를 받은 이력도 없군요. 이러한 성실근로자들이 일거에 퇴사를 한다면 사측에도 좋을 건 없을 것 같은데요?"

순간, 정연은 보고야 말았다. 사람의 얼굴에서 어떻게 저런 표정이 나올 수 있는 거지? 비웃기라도 하듯 한쪽 입고리만 올라간 사측 노무사의 비릿한 미소에 정연은 자신도 모르게 침을 꿀꺽 삼켰다. 이러한 정연에게 잠시 눈길을 주던 사측 노무사가 다시 위원들을 바라보며 말했다.

"성실근로자라는 기준은 누가 세운 것입니까?"

그가 되묻자, 인사팀장은 조사관에게 준비된 서류를 전달했다.

"신청인 측의 주장처럼, 근속기간이 길고 단순히 징계를 받은 이력이 없다는 이유로 자신들을 성실근로자라 포장한다면, 피신청인의 사업장에는 성실근로자가 아닌 직원은 없습니다. 제출한 자료는 최근 3년간의 전 직원 징계내역서입니다. 되묻고 싶군요. 자신들이 제출한 사직서로 근로관계가 종료되었음에도 비진의를 운운하는 자들이 과연 성실근로자들이었을까요?"

이미 사직서가 제출된 이상, 효력이 발생된 사직서의 무효를 주장하는 측이 불리한 위치에서 싸울 수밖에 없었다. 판을 뒤집을 만한 결정적인 증거가 필요했으나 상황을 추정

할 수 있을 정보에 불과할 뿐이었다. 정연은 마음속으로 '쉽지 않겠는데…….'를 연신 되뇌었고, 그렇게 공격과 수비가 전환되며 사용자 위원의 질문이 시작되었다.

"신청인은 퇴직금을 수령하셨습니까?"

"네, 퇴사한 다음 날 바로 입금되었습니다."

"수령액을 말씀해주시겠습니까?"

"정확한 액수는 기억나지 않습니다. 통장을 확인해봐야 알 것 같습니다."

"대략적인 만큼만 말씀해주시면 됩니다. 법정퇴직금은 일반적으로 한 달 평균임금과 근속연수를 곱한 만큼 지급하게 되어있습니다. 지급받으신 액수가 법정퇴직금보다 많았습니까?"

박우영은 종이에 간단히 계산을 해 본 다음 대답했다.

"네, 대략적으로 계산해도 법정퇴직금보다는 많습니다."

"그렇군요. 피신청인의 회사는 퇴직금 누진제를 적용하고 있기 때문에 법정 퇴직금보다 더 많은 퇴직금을 지급하고 있습니다. 다음 질문으로 넘어가죠. 회사 취업규칙 제83조에 따르면 징계 해고자에게는 누진제가 적용된 퇴직금이 아닌 법정퇴직금만을 지급하게 되어 있습니다. 알고 계셨습니까?"

"들어본 적 있습니다."

기업에서는 장기근속을 유도하는 방편으로 퇴직금 누진제를 실시하는 경우가 종종 있다. 누진제가 적용된 퇴직금은 법으로 정해진 퇴직금을 상회한다. 다만, 퇴직금 누진제를 실시하더라도 징계해고 시에는 법정 퇴직금만을 지급하도록 정하는 경우가 있는데 이러한 약정은 유효하다. 의뢰인들의 회사 역시 이와 같았다.

사용자위원의 질문은 단순히 퇴직금 수령 여부와 퇴직금 누진제를 알고 있었는지 만을 물어보며 종료되었다. 근로자위원이 피신청인들에게 했던 질문들과 비교하자면, 단순하게 보이기도 했다. 그러나 이는 정연의 착각이었다. 물 한 방울 빠져나올 틈조차 없을 정도로 잘 짜인 사측 노무사의 전략이었다. 그의 최종진술이 시작되자, 정연은 그의 의도를 뒤늦게 알아차렸다.

“신청인들이 제출한 사직서에 기재된 내용을 살펴보면 ‘이력서에 학력을 누락한 점에 대해 깊이 반성하고 있다, 회사의 처분에 따르겠다.’고 되어있습니다. 이러한 내용을 전체적으로 보아 진의가 아니라고 볼 수 없습니다. 또한, 취업규칙에서는 징계해고자에 대해서는 법정 퇴직금만 지급하도록 하여 법정 퇴직금 이상을 지급하도록 한 일반 퇴직자와의 차이를 두고 있습니다. 청구인들은 징계해고가 될 것을 우려해 자발적으로 사직서를 작성한 것으로 보이며, 징계해고가 아닌 일반 사직으로 처리해 준 회사에 대해 고마움을 느끼기는커녕 오히려 부당해고라며 다투는 것은 그 행위의 고의성을 넘어 악의적이라고 판단됩니다.”

뒤집을 수 없는 판이라는 것을 예측이라도 한 듯, 의뢰인들의 표정은 굳어있었다. 의뢰인들의 표정 못지않게 정연의 표정도 굳어져갔다. 사측 노무사의 원색적인 인간성 비난은 지속되었고, 더 이상 못 들어주겠다 싶을 때쯤 심문이 종료되었다. 의뢰인들의 표정은 굳은 정도를 넘어 석고판이 되어있었다. 심문장을 나선 정연이 의뢰인들을 향해 고개를 숙이며 말했다.

“정말, 뭐라 말씀드려야 할지 모르겠습니다.”

“아닙니다. 노무사님은 최선을 다 하셨잖아요. 그거면 됐습니다.”

“죄송합니다. 그래도 아직 결과가 나온 건 아니니……”

“아닙니다. 그냥 여기서 그만 하는 게 나을 것 같습니다. 설령 이긴다 해도 저런 회사에는 다시 들어가고 싶지 않습니다.”

“…….”

정연은 멀어져가는 의뢰인들의 축 처진 어깨를 아무 말도 못 한 채 그저 바라만 봤다. 그리고 참참한 심정으로 사측에서 선임한 노무사의 소문을 떠올렸다. 맹독을 품은 독사처럼 사람을 서서히 말려 죽이는 특유의 논증 방식, ‘공인노무사 배종운!’ 그는 노무사 업계에서 독사 노무사로 악명이 상당했다. 정연의 멘토인 정석 노무사조차 무조건 최선을 다 하라는 조언 외에는 별다른 말을 할 수 없었다.

가슴 한 구석이 용암에 녹아내리는 기분이었다. 정연은 ‘비진의에 의한 사직서 제출의 효력 유무’를 쟁점으로 접근했지만, 상대방은 달랐다. 이 사건에 의뢰인들의 인간성을 비난하는 프레임을 짤 거라고는 전혀 생각하지 못했었다. 노동위원회 심문회의는 신청인과 피신청인의 도덕성이 아닌, 노동법 위반 유무를 다투는 곳이어야 한다. 그러나 판정을 내리는 공익위원도 결국은 사람이다. 악의적인 인간성이라는 색안경을 씌워버리면 과연 이를 배제한 채 사건만을 바라보는 게 가능할까?

그리고 자신들이 증거로 제시한 사직서의 내용은 오히려 공격당할 빌미만을 제공했다. 상대편이 할 수 있을 주장에 대해 철저하게 대비하지 못한 정연의 명백한 필패였다. 그러니 괴로움을 느낄 여유도 없이 곧바로 윤성일의 사건 심문이 시작되었다.

박우영의 사건과는 상황이 딴판이었다. 박우영의 사건에서는 사직서가 무효라는 사실을 정연이 주장했지만, 윤성일의 사건은 근로계약이 무효라는 사실을 사측이 주장했다. 이력서 허위기재라는 공통점, 그러나 전혀 다른 주장이 이어졌다.

"본 사안은 민법 제110조에 따른 사기에 의한 계약의 취소로 해고에 해당하지 않습니다."

사측 노무사는 끊임없이 윤성일의 경력 사칭을 강조하며 계약의 취소일 뿐, 부당해고와는 의미가 다르다고 주장하였다. 속이려는 자가 나쁜 건 맞다. 하지만 현장 매니저라는 중임을 선발하는 만큼 백화점 측에서도 철저한 검증 절차를 거쳐야 했다. 지나치게 이력서 내용 자체만을 믿었기에 잘못이 없다고 할 수는 없다. 사측 노무사의 말이 끝나자 정연은 최종진술을 시작했다.

"근로기준법에서는 해고의 정당성을 규정하고 있습니다. 여기서 의미하는 정당성이란 주관적 사실에 따른 해고 사유 즉, 내용상의 정당성뿐만 아니라 객관적 절차에 따른 객관적 정당성을 모두 의미합니다. 본 사안은 계약의 취소라는 형식을 취하고 있으나 근로계약이라는 특수성에 기인하기에 실질에 있어서는 해고에 해당하며, 유사한 사안에서도 대법원은 해고라고 인정하고 있습니다. 피신청인은 근로기준법 제27조 제1항에 따른 해고서면통지를 위반하였기에 위법이 존재하며 동조 제2항에 따라 해고는 무효입니다. 따라서 부당해고 기간 동안의 임금상당액을 지급할 의무가 있으며 근로자의 의사에 따라 복직여부를 살펴야 합니다."

질 수 없는 싸움이었다. 의뢰인이 법을 이용한 건 사실이지만 쟁점은 부당해고 여부였다. 일반적으로 해고서면통지 의무 위반은 다른 해고의 정당성은 살펴보지도 않고 부당해고로 인정한다. 결국, 법을 정면으로 위반한 백화점 측의 패배가 될 게 뻔해보였다.

심문은 사측에게 전혀 유리할 게 없이 끝났다. 심문장을 나서며 사측 인사팀장과 마주친 윤성일은 "어디 대법원까지 가봅시다."라며 상대방의 약을 바싹 올린 후, 정연에게 "오늘 생각보다 잘 하더라"며 악수를 권했다. 몹시도 못마땅한 정연이었지만 어쩔 수 없이 손을 내밀었다. 멀어져가는 윤성일을 보며 이러려고 노무사 됐나라는 자괴감마저 몰려왔다. 정석의 조언처럼 사측에 솔직하게 말하는 게 여러모로 낫다고 느껴졌다.

정연이 왼쪽으로 고개를 돌리자 손과 몸을 써가며 대화를 하는 인사팀장과 상대측 노무사가 눈에 들어왔다. 잠시 후,

인사팀장이 급한 일이라도 생각난 듯 서둘러서 사라지자 정연은 혼자 남은 사측 노무사에게 다가가서 말을 걸었다.

"시간 괜찮으시면 잠시 이야기 좀 나누시겠어요?"

노동위원회를 나와 바로 앞에 위치한 카페로 자리를 옮겼다. 정연의 말을 들은 사측 노무사가 되물었다.

"상습적이라고요?"

"직접 들은 건 아니고, 제가 따로 알아본 바로는 그렇습니다. 지금 여기에서 끝내는 게 백화점 측에도 좋은 거예요. 이유야 어찌되었든 근로기준법 위반이지 않습니까. 중앙노동위원회를 가도, 법원에 가도 결과는 달라지지 않는다고 봐야죠. 경력 사칭에 근로계약의 취소를 인정한 대법원 판례가 있기는 하지만 그때도 서면에 해당하는 반소장이 근로자에게 도달한 이후부터 근로계약의 취소를 인정하고 있지 않습니까?"

"그 점은 저도 잘 알고 있습니다. 그러나 사장님 선까지 말이 들어가서 제가 어떻게 할 방도가 없네요. 인사팀장님께 듣기로 사장님이 이건 회사에 대한 모욕이자 도전이라고 끝까지 가라고 하셨다는군요."

"그 점이 저희 의뢰인이 바라는 겁니다. 대법원까지 가서 부당해고기간 동안의 임금 상당액을 챙기는 거요. 이건 근로기준법 취지에 맞지는 않지만, 어찌되었든 법 위반은 맞으니까요."

사측 노무사는 정연의 말을 이해할 수 있었다. 그러나 납득이 되지 않는 부분이 있었다. 그는 안경을 고쳐 쓰며 정연을 예리하게 바라봤다.

"그런데 이해가 되질 않는군요. 어차피 이길게 뻔한 싸움이고, 시간이 지날수록 수임료는 더 늘어날 텐데 제게 이런 말씀을 하시는 진짜 이유가 뭐죠?"

"돈 몇 푼보다 이러한 사실을 제대로 잡는 게 더 중요하다고 생각하니까요. 전 근로기준법을 존중하고, 그렇기 때문에 법의 허점을 이용하는 걸 눈뜨고 볼 수가 없습니다. 더군다나 제가 그 일을 해야 하니까요."

보기 드문 사람을 봐서일까, 어쩌면 그의 진심이 느껴져서일까, 사측 노무사는 줄곧 경계하던 눈빛을 조금은 누그러뜨리며 정연에게 말했다.

“정직하신 분이네요. 하지만 말씀드렸다시피 이미 사장님이 지시하신 일이라 멈출 수는 없습니다.”

“사장님의 의도가 장기간 소송으로 인한 저희 의뢰인의 심리적 압박이라면 다른 수가 있긴 합니다.”

“다른 방법이요?”

“일단은 부당해고를 인정하시고 정상적으로 해고처리를 하세요. 그런 다음 윤성일 씨의 경력 사칭으로 인해 백화점이 입은 실손해액을 민사소송으로 다투세요. 실손해액을 측정하는 게 어렵긴 하겠지만 그래도 부당해고로 싸우는 것보다는 훨씬 안전할 겁니다. 대법원까지 가서 지면 부당해고 기간 임금상당액이 1억은 넘을 테니까요.”

“음, 나쁘지 않은 방법이네요. 그런데 그러면 노무사님은 의뢰인의 이익을 보장해야 한다는 방침에 어긋나는 행동을 하는 게 아닙니까?”

사측 노무사의 말처럼, 의뢰인이 상습범이고 나쁜 의도를 가지고 있을지라도 의뢰인의 이익을 저해하는 행위는 위임계약 위반으로 손해배상 등의 문제가 될 수 있다.[1] 정연 역시 모르지 않았다. 하지만 윤성일이 근로기준법을 악용하는 것을 자신으로 손으로 도울 수도 없는 노릇이었기에, 위임계약서를 작성할 때 약간의 손을 써두었다.

'해고사건 구제신청 대리'로 사건 범위를 제한했고, 사건 종결을 위한 합의권을 위임받았기에 신속한 사건해결 차 사측에게 합의를 제안하는 것이라면 문제될 게 없었다.

"저와 윤성일 씨와의 계약은 어디까지나 이 부당해고 사건을 해결하는 것이니까요. 법의 허점을 이용한 이익까지 제가 보장해야할 필요는 없다고 생각합니다만."

"일단은 잘 알겠습니다. 인사팀장님께 내용 전달하도록 하겠습니다. 그리고 노무사님께 피해가는 일 없도록 잘 처

---

1) 공인노무사법 제12조의4(손해배상책임의 보장) 개업노무사는 그 직무를 수행하면서 고의나 과실로 인하여 의뢰인에게 손해를 입힌 경우 그 손해에 대한 배상책임을 보장하기 위하여 대통령령으로 정하는 바에 따라 보증보험에 가입하여야 한다.

리해 보겠습니다."

정연은 상대 노무사와 명함을 서로 건네고 자리에서 일어났다. 약 한 시간 뒤, 윤성일에게서 전화가 왔다.

"조금 전 인사팀장에게 부당해고를 인정한다는 연락을 받았습니다."

"연락이 왔다고요? 휴우, 부당해고를 인정받으셔서 정말 다행입니다."

"이거 생각보다 너무 빨리 끝난 감이 없진 않은데, 노무사님이 너무 세게 나오셔서 겁먹었나 봅니다. 하하하."

"부당해고 사건이니까 빨리 끝낼수록 좋은 거죠."

"수고하셨습니다. 다음에 또 뵙죠."

판정 결과가 나오기 전에 합의로 종결된 셈이었다. 제발, 또 만나지 않기를 바라며 정연은 윤성일의 마지막 말을 되씹었다.

사건은 그렇게 마무리 되었다. 정연은 A백화점과의 인연도 이걸로 끝이라고 생각했다. 그러나 사람의 인연은 생각하지 못하는 곳에서 다시 마주하곤 한다.

사건이 끝나고 일주일이 흘렀다. 가벼운 발걸음으로 퇴근을 하던 정연은 무언가 허전함이 느껴졌다. '아차! 핸드폰!' 그냥 집에 갈까 고민도 됐지만 온 길보다 갈 길이 멀다고 느껴졌기에 다시 사무실로 돌아갔다. 문을 열고 들어가자 민주 사무장이 보였다.

정연을 발견한 민주 사무장은 황급히 고개를 정연 반대 방향으로 휙 돌리고는 티슈로 얼굴을 닦았다. 그녀는 서둘러서 가방을 집어 들며 고개만 까딱하고는 사무실을 도망치듯 나가려고 했다. 민주 사무장의 이런 모습을 처음 봤기에 정연은 적지 않게 당황스러웠다.

"사무장님 왜 그러세요? 안 좋은 일이라도 있어요?"

민주 사무장은 뒤돌아 선 채로 고개만 좌우로 흔들었다.

"주제넘긴 하지만 제가 도움이 될 수도 있잖아요. 혹시, 말 상대가 필요하시면 저한테 하세요. 그거, 힘든 거, 저랑 반씩 나눠요."

그제야 민주 사무장은 얼굴을 보여줬다. 얼마나 울었는지 눈가의 화장이 다 번져있었다. 민주 사무장이 천천히 입을 열었다.

"소주 한 잔 사주실래요?"

정연과 민주 사무장은 사무실 근처 돼지껍데기 집으로 자리를 옮겼다. 껍데기가 다 구워질 때까지 민주 사무장은 아무 말도 하지 않았다. 그녀는 정연이 자신의 앞접시에 바싹 익은 껍데기를 올려주자 그제야 소주를 두 잔 연거푸 마시고는 입을 열었다.

"유정이 아빠가 많이 다쳤대요."
"어쩌시다가요?"
"매일 혼자 야근하며 남들이 할 일까지 자기가 다 했대요. 퇴근 후에는 대리운전도 하고요. 그렇게 1년을 했나 봐요. 그러다가 오늘 새벽에 교통사고가 났대요……."

민주 사무장의 눈에서 또다시 눈물이 떨어졌다. 정연이 물었다.

"아니! 왜 남들 일까지 다 혼자하신 거예요? 대리기사는 또 왜요?"

"돈 때문에요. 저희가 이혼한 것도 돈 때문이었어요."

그녀의 눈은 점점 더 촉촉하게 젖어갔다. 가족처럼 친했다지만, 그녀의 속사정을 듣는 건 처음이었다.

"돈요?"

"그이가 가상화폐에 손 대고 나서 빚이 엄청 늘었어요. 처음에는 하룻밤 사이에 50만 원이 100만 원이 되고, 그 100만 원이 다음날 200만 원이 되어 있어서 정말 행복했어요. 그래서 여기저기 돈까지 빌리며 거기에 투자했는데……. 그게 며칠 만에 휴지장처럼 될 줄은 생각도 못했어요. 어렵게 모은 전셋집도 날리고……."

민주 사무장은 소주를 다시 한 잔 마시고는 말을 이었다.

"그때부터 하루하루가 악몽이었어요. 저는 책임지라며, 그이는 제가 부추겼다며 볼 때마다 싸웠어요. 그런 모습을 유정이가 다 지켜봤어요. 얼마나 상처가 됐을까요……. 결국 그이가 모든 빚을 떠안겠다며 이혼하자길래 두 번 생각하지도 않고 도장을 찍어버렸어요. 저 정말 나쁜 년이죠?"

어떤 위로의 말을 해야 할지 단 한 마디도 머리에 떠오르지 않았다. 정연은 그저 민주 사무장의 빈 소주잔을 채웠다.

"그래서 혹시라도 빚 다 갚으면 다시 예전처럼 될 수 있을 거라 생각했나 봐요. 그래서 남들 몫까지 전부 자기가 떠맡아서 야근하고, 대리기사에, 밥값도 아낀다고 삼각 김밥 하나만 먹고……. 그렇게 1년을 살았대요. 미안해서 어떡해요……."

"회사는요? 이제 어떻게 되는 거예요?"

"해고될 거래요. 우리 소개해 준 친구가 그 회사 다니는데 거기 취업규칙에 장기간 근로제공 불능이면 당연퇴직 된다는 조항이 있대요. 지난주에 노무사님이랑 한 판 했던 A백화점이에요. 우리 법인이랑은 더 앙숙일 거잖아요……."

일반적으로 사용자가 근로자를 해고하기 위해서는 근로기준법 제23조 제1항에 따라 정당한 이유가 있어야 한다. 대법원은 장기간 근로제공 불능에 의한 해고는 통상적인 해고로서의 정당성을 인정하고 있다. 그 회사의 일을 하다 다쳤으면 산업재해는 물론, 절대적인 해고금지기간에 해당되어 보호를 받는다. 그러나 민주 사무장의 전 남편은 회사의 일이 아니라 부업으로서의 대리기사를 하다가 사고가 났으니 업무상 재해에도 속하지 못한다.

정연은 민주 사무장의 전 남편이 백화점 행정팀에서 근무한다는 말을 얼핏 들은 적이 있었다. 그런데 거기가 A백화점이었다니, 얼마 전 부당해고로 다퉜으니 민주 사무장 입장에서는 자신의 회사와 A백화점의 사이가 좋지 않을 거라 느낀 건 당연했다. 잠시 생각에 잠긴 정연은 밖으로 나와 전화를 한 통 걸었다.

"여보세요?"

"김 노무사님 안녕하세요. 오정연입니다. 일전에 인사팀장님이 밥 한 번 사주신다고 하셨는데 아직 유효할까 해서요."

“그야 당연하죠. 드시고 싶은 거라도 있으세요?”

“그런 건 아니고요, 그냥 최대한 빠른 시일 내에 한 번 봤으면 해서요.”

“아, 그래요? 그러면 제가 팀장님께 여쭤보고 연락드리겠습니다.”

다시 식당으로 들어간 정연은 민주 사무장의 이야기를 묵묵히 들어주었다. 소주 한 병이 전부 빌 무렵 문자메시지가 도착했다. ‘내일 저녁 7시에 구월동 일식집에서 뵙죠.’ 정연은 내일의 비밀스러운 만남을 민주 사무장에게 전혀 내색하지 않았다.

다음 날, 민주 사무장은 여전히 기운을 차리지 못했다. 평소 활력이 넘치는 그녀였기에 지금의 모습에 정연은 적잖이 걱정되었다. 민주 사무장에게 다가간 정연은 그녀에게 지금 가장 필요한 말을 꺼냈다.

“사무장님, 노트북 챙겨오셨죠?”

“차에 있어요. 필요하세요?”

"오늘은 재택근무하세요. 마침 저도 어디 나갈 데 없으니까 오늘은 제가 사무실 지킬게요."

정연의 말을 이해하지 못하는 듯 민주 사무장은 어리둥절한 표정을 지었다.

"병원에 가보시라고요. 그렇게 걱정되면 같이 있어줘요. 이러다 사무장님까지 쓰러지면 유정이는 어떡해요?"

"저, 저, 정말 그래도 돼요?"

"네, 얼른요. 대신 식사는 꼭 챙겨 드셔야 돼요. 약속하셔야 보내드릴 거예요."

정연이 새끼손가락을 내밀자 민주 사무장은 양손으로 정연의 손을 감쌌다. 그 상태로 고맙다는 말을 연신 하고는 사무실에서 나갔다.

자, 그럼 나도 본격적으로 오늘 저녁을 준비해볼까! 정연은 깍지 낀 손을 머리 위로 쭉 올리며 방으로 들어갔다.

구월동 일식집에 약속시간보다 10분 일찍 도착한 정연은 직원의 안내를 받아 예약된 방으로 들어갔다. 사무실에서 구상한 시나리오를 떠올리며 5분 남짓 기다리자 인사팀장과 김 노무사가 들어왔다. 자리에서 일어난 정연은 최대한 깍듯하게 허리와 머리를 숙이고는 다시 자리에 앉았다. 인사팀장이 말했다.

"일전에는 감사했습니다. 살다가 상대편 노무사에게 도움을 받는 일이 다 있군요."

"저는 그저 노무사로서 옳다고 생각한 일을 했을 뿐입니다."

소주를 한 잔씩 마시자 인사팀장이 다시 입을 열었다.

"최대한 빨리 뵙자고 하셨다던데 하실 말씀이라도 있으신 겁니까?"

기다리던 말이 나왔다. 정연은 천천히 자리에서 일어나 90도로 인사를 하며 말을 꺼냈다.

"염치 불구하고 꼭 부탁드릴게 있어서 연락을 드렸습니

다."

돌발행동에 깜짝 놀란 인사팀장은 자리에서 벌떡 일어나 정연의 어깨와 등을 가볍게 움직여 똑바로 세웠다. 그는 정연의 자리를 손으로 가리킨 다음, 자신의 자리에 도로 앉으며 말했다.

"민망하게 왜 이러십니까. 그 부탁이라는 거 말씀해보세요."

"최근에 행정팀 직원 한 명이 교통사고를 당했다고 들었습니다."

"그 소식은 저도 들었습니다. 성실하다고 평판이 자자하던 사람이었는데 참 안타까운 일입니다. 아는 사이십니까?"

"저희 사무장님의 부군이셨습니다. 그분은 이제 어떻게 되시는 겁니까?"

"상태가 중하다고 하니 아무래도 회복하는데 시간이 많이 걸리겠지요. 사정은 딱하지만 회사는 그 사람의 자리를 대체할 사람을 채용해야겠지요."

"그 부탁을 드리고자 오늘 뵙자고 말씀드렸습니다."

인사팀장과 김 노무사의 눈빛은 의아하다는 듯이 변해갔다. 인사팀장이 입을 열었다.

"막무가내로 부탁하실 분은 아닌 것 같은데, 생각해 오신 대안을 말씀해보세요."

"우선, 수술은 아주 잘 끝났다고 합니다. 생각보다 회복기간이 짧을 것 같습니다. 일단 그분의 연차휴가를 모두 사용해주시고, 남은 기간은 무급휴가로 해주셨으면 합니다."

"한 명의 일자리가 비는 만큼 다른 직원들의 업무가 과중될 테고, 불만이 생기지 않겠습니까?"

"업무를 더 처리하는 만큼 추가적인 보상을 주시면 됩니다. 한 명 분의 임금이 줄어든 만큼, 그 돈의 일정부분을 다른 직원들에게 지급하는 겁니다. 지금까지 그 분이 야근을 도맡아서 했으니 크게 불만이 나오지는 않을 것 같습니다. 평판도 좋은 사람이고, 자신들로 인해 동료가 회사로 돌아올 수 있다는 사실을 직원들이 알게 된다면 사내 동기부여 측면에서도 나쁜 선택은 아니라고 생각합니다."

"음……."

인사팀장은 자신의 턱을 쓰다듬으며 미세하게나마 고개를 끄덕였다. 정연이 말을 이었다.

"그 방편으로 취업규칙을 개정해 주셨으면 합니다."

"취업규칙 개정이요?"

"네, 취업규칙에 장기간 근로 불이행 시 당연퇴직 된다는 조항이 있는 것으로 알고 있습니다. 이 조항을 빼주셨으면 합니다."

생각지도 못한 제안에 인사팀장은 자리를 고쳐 앉으며 되물었다.

"그러면 회사에 많이 불리한 거 아닙니까?"

"그렇지 않습니다. 취업규칙에 있든, 없든 장기간 근로 제공 불이행 시 해고는 정당합니다. 대법원은 그렇게 해석하고 있으며, 속단할 수는 없지만 바뀌지도 않을 것 같습니다."

인사팀장은 김 노무사에게로 시선을 옮겼다. 김 노무사는 고개를 끄덕였다. 정연은 말을 이었다.

"취업규칙에서 당연퇴직 사유 중 하나가 빠지는 것이기에 근로자들에게는 취업규칙의 유리한 변경에 해당합니다. 근로기준법 제94조에서는 취업규칙을 근로자에게 유리하게 변경하는 경우에는 근로자들의 의견만을 듣게 하기에 변경 절차도 어렵지 않습니다. 이것을 저희 사무장님의 전 남편분 스토리와 엮는다면 가족 친화적 기업으로 변모할 수 있는 계기가 되리라 판단됩니다."

"사장님께서도 가족 친화적 기업에 관심이 많으시니 한번 말씀드려보는 것도 나쁘지는 않겠군요."

"제가 아는 기자들이 몇 있는데 이 스토리를 백화점의 가족 친화적 경영과 묶어서 기사화 해달라고 말해놓겠습니다. 회사가 비밀리에 한 선행을 사람들이 우연히 알게 된 것처럼요. 원래 미담은 타인의 입을 통해 전달될 때 더 아름다운 법이니까요."

"그렇게 되면 광고효과도 되겠군요. 잘 알겠습니다. 일전에 경력사칭자를 채용한 사건으로 사장님께 크게 혼이 났는데 이번 기회에 만회할 수도 있겠군요. 내일 팀원들과 상의를 해 보고 사장님께 보고 드리도록 하겠습니다."

정연은 자신이 했던 말과 가족 친화적 경영에 관련된 이론 및 그 장점 등을 정리한 문서를 인사팀장에게 건넸다. 노무사 공부할 때 외웠던 이론들을 이렇게 써먹었다.

"거절 못하게 철저하게도 준비하셨군요. 그 사무장이라는 분이 노무사님께 무척 소중한 존재인가 봅니다."

"피는 섞이지 않았지만 또 하나의 가족이니까요."

집에 돌아온 정연은 휴대전화 번호들을 하나 둘 살피며 아는 기자가 몇 명 정도 되는지 세어보았다. 아쉽게도 생각보다 많지 않았다. 맞다, 미주! 바로 전화를 걸었다.

"미주야, 너 아는 기자들 많다고 했지?"

"많다 못해 차고 넘치지."

"그럼 나 좀 도와줘."

오늘 있었던 일들을 미주에게 말했다. 미주는 흔쾌히 도와주겠다고 했다.

다음 날, 민주 사무장의 안색은 어제보다는 확실히 좋아져 있었다. 정연은 어제 인사팀장을 만난 일에 대해서 확정되기 전까지는 비밀로 해야겠다고 다짐했다. 그럼에도 입이 근질거려 참기가 힘들었다. 민주 사무장은 정연의 기쁜 듯 불편해 보이는 모습을 보며 물었다.

"왜 그래요? 할 말이라도 있어요?"

"아뇨, 없어요, 없을 거예요."

"네? 표정은 할 말이 있다는데요? 뭐길래 그래요?"

"그게 말이죠……. 일단 확정된 건 아니니까 너무 기뻐하시면 안 돼요. 아셨죠?"

정연의 말을 끝까지 들은 민주 사무장의 눈은 금방이라도 흘러내릴 만큼 눈물로 가득 찼다. 그녀는 정연의 앞으로 걸어왔다. 그리고는 양팔을 벌려 천천히 꼭 끌어안았다.

"고마워요. 정말 고마워요."

"고맙긴요. 당연한 일 한 건데."

정석 노무사와 금석 사무장은 신비한 능력을 가지고 있다. 오늘도 이 신기한 능력이 발동되어 정말 애매한 타이밍에, 동시에 사무실 문을 열었다. 민주 사무장은 이들로부터 "둘이 이런 사이였어?"라는 말을 듣고서야 정연을 놓아주었다. 민주 사무장은 정연에게 들은 어제의 일을 정석과 금석에게 이야기했다.

"오놈! 어제는 진짜 제대로 한 건 했네. 잘 크고 있다."

정석이 말하자 금석도 입을 열었다.

"아까는 진짜 오해했잖아. 이 정도면 한 번 쯤은 안아줄만하네. 그럼 민주 씨는 다시 합치는 거야?"

"일단은 그렇게 생각하고 있어요. 미안한 마음, 고마운 마음, 그리고 사랑하는 마음도 그대로더라고요. 무엇보다 유정이를 위해서도 엄마아빠랑 같이 사는 게 좋겠어서요."

민주 사무장은 사춘기 소녀로 돌아간 듯 양 볼이 빨개졌다. 그 모습을 보며 금석이 말했다.

"두 노무사님들, 오늘은 내가 사무실 지킬 테니까 민주 씨 병원으로 보내도 되지?"

정석과 정연은 엄지손가락을 치켜세웠다.

그리고 1주일 후.

"삼선 짜장 4개 나왔습니다."
"우와, 나온다."

자장면을 비비던 정석이 오른손으로 텔레비전을 가리켰다. 명일 노무법인 식구들의 시선이 한 곳으로 모여들었다.

"우리 사회를 따뜻하게 만드는 기업을 탐방하는 '우리기업탐방' 시간입니다. 김 기자님, 이번에는 어떤 기업을 취재하고 오셨나요?"
"오늘 소개할 기업은 가족 친화적 조직문화를 선도하고 있는 A백화점입니다. 가족 친화적 기업이란 직원뿐만 아니라 그 가족까지도 고려한 인사정책을 시행하는 기업을 말하는데요, 최근에는 안타까운 사고를 당한 직원을 위해 취업 규칙을 개정하는 결단을 내렸고, 회사차원에서 모금운동도 벌였다고 합니다. 취재하는 내내 따뜻한 온기가 느껴지는 그런 기업이었습니다. 함께 보시죠."

기자의 내레이션과 함께 약 5분간의 영상이 끝나자 민주 사무장이 냅킨으로 눈물을 감췄다. 금석이 미소를 한가득 품으며 입을 열었다.

"이게 다 정연이 작품이라 그거지? 왜 이렇게 대견스럽지?"

"정말 고마워요. 그이가 몸 괜찮아지면 꼭 인사드리러 온대요."

"저 민망해요. 그러지 마세요."

"오늘처럼 기쁜 날 술이 빠지면 안 되지. 여기 이슬 한 병 주세요."

정석이 소주를 시키자 금석이 고량주로 바꿨다. 점심시간인 걸 고려해 딱 한 잔씩만 나눠마셨다. 민주 사무장의 표정은 예전처럼 밝아졌고, 정연은 자신이 작은 도움이라도 되었다는 게 기뻤다. 이런 게 행복일까. 행복이라는 게 느껴지자, 문득 한 사람이 떠올랐다.

'소영 씨는 잘 지내고 계실까…….'

식사를 마치고 사무실로 돌아가는 길, 정연의 주머니에서 어머니 전용 벨소리인 '미션 임파서블' 주제가가 흘러나왔다. 왠지 모를 긴장감이 느껴지는 건 왜일까. 핸드폰을 집어 든 정연은 화면을 오른쪽으로 그었다.

"어머니. 무슨 일이세요?"

"이번 주 미주 결혼식이잖니. 아빠랑 관광도 할 겸 오늘 올라가려고 하는데 괜찮지?"

"3일이나 남았는데 벌써 오시게요?"

"너 일하는 사무실도 궁금해서. 1시 반 KTX 있던데 예매해서 보내거라."

"전화하신 목적이 그거셨네요. 알겠어요."

4시간 뒤, 정연의 어머니와 아버지는 몹시도 화가 난 상태로 명일 노무법인 사무실 문을 열었다.

*****

"어서 오세요."

"그동안 잘 지냈어요?"

"네, 배 많이 고프시죠? 밥 거의 다 차렸어요."

"오늘도 신세지내요. 미안해요. 소영 씨 밥이 너무 맛있어서."

"아니에요. 저도 매일 혼자 먹다가 같이 먹을 사람 생겨서 좋아요."

식사를 마치자 미주가 소영을 찾아온 이유를 밝혔다.

"밥도 밥이지만 선물 드리려고 왔어요."

"선물요?"

미주는 가방에서 책 한 권을 꺼내 건넸다. 소영의 눈이 동

그래졌다.

"이거 저 주시는 거예요?"

"표지 넘기면 작가 사인도 있어요."

"변호사님, 잠깐만요."

소영은 책꽂이에서 책 한 권을 꺼내 미주에게 건넸다.

"가지고 있었네요? 수호가 엄청 좋아하겠다. 혹시 다 읽었어요?"

"수련이가 재밌다고 해서 샀어요. 예전부터 여쭤보려고 했었는데, 이 책에 나오는 여자 주인공요. 혹시 변호사님이세요?"

미주가 수줍게 고개를 끄덕이자 소영의 눈이 커졌다. 소영은 미주의 청첩장에 있던 신랑의 이름을 떠올렸다.

"혹시, 그럼 남자 주인공인 윤수호 작가님이?"

"네……."

"변호사님, 변호사님! 저 궁금한 거 진짜 많은데 다 여쭤봐도 돼요?"

소영은 미주와 다시 식탁에 앉아 한참을 이야기했다. 강인하기 그지없는 미주가 붉어진 눈시울을 감추며 말했다. 소설로는 볼 수 없는 진짜 이야기였다.

"마지막 사건은……. 수호 아니었으면 저 진짜 죽었을 거예요. 대신 수호가 저 때문에 죽을 뻔 했지만요. 그날 평생 울 거 다 운 것 같아요. 그때만 생각하면 수호한테 잘 하고 싶은데, 또 그게 마음처럼 되지는 않네요."

"그래도 부러워요. 소설 속 여자 주인공이라니! 여자들 로망이잖아요. 낭만적이기도 하고요. 어때요? 어떤 기분이에요?"

"제가 소설을 좋아하는 편이 아니라서……. 그런데 싫지는 않아요. 남들이 우리 이야기를 안다고 해도 싫지 않고, 오히려 더 많이 알았으면 하는 그런 느낌이랄까?"

"우와! 진짜 부러워요."

소영이 양 손을 깍지 끼며 눈을 반짝였다. 미주가 방긋 웃으며 말했다.

"부러우면 소영 씨도 써달라고 해요. 소영 씨를 여자 주인공으로요."

"누구한테요?"

"누구긴요, 당연히 정연 오빠죠."

"정연 노무사님이요?"

"오빠 평생의 꿈이 책 쓰는 거래요. 어렸을 때부터 노래를 부르고 다녔어요. 딱이네, 정연 오빠가 소영 씨가 주인공인 소설 쓰면."

"저희는 아직……."

"저희?"

소영의 양 볼이 신부 화장이라도 한 것처럼 붉어졌다. 소영이 새빨개진 얼굴로 쑥스러운 듯이 아랫입술만 깨물고 있자 미주는 자신도 모르게 미소를 지었다. 그러다가 뭔가 생각이 났는지, 갑자기 180도 다르게 표정을 엄하게 고치며 말했다.

"아참, 내 정신 좀 봐. 소영 씨, 아무리 힘들어도 그렇지 그런 행동을 하면 어떡해요!"

"네?"

"다 봤어요. 왼쪽 손목이요."

"네?"

소영이 미주에게 왼쪽 손목을 들어 보였다. 흉터가 있었다. 미주의 눈썹이 꿈틀거렸다. 일반적으로 사람이 끔찍한 결심을 할 때면 손목을 세로로 긋지만 소영의 손목에 있는 흉터는 가로 방향이었다. 3센티미터는커녕, 1센티미터도 되어 보이지 않았다. 미주가 헛웃음을 지으며 말했다.

"진짜, 오정연! 또 헛다리짚었네!"

"정연 노무사님이요? 헛다리요?"

미주는 말실수라도 한 사람처럼 입을 틀어막았다. 소영이 자신을 물끄러미 쳐다보자 숨길 수가 없었다.

"실은, 제가 본 게 아니에요. 정연 오빠가 봤대요. 소영 씨

손목 상처요."

"이 상처가 왜요?"

"이걸 뭐라고 말해야 하나, 소영 씨가 무서운 결심을 했던 건 아닌지 엄청 걱정하더라고요."

"이거 어렸을 때 다친 건데……."

소영과 미주는 서로를 쳐다봤다. 두 여자는 흘러나오는 웃음을 참지 못했다. 미주가 소영에게 명함 한 장을 건넸다.

"정연 오빠가 잘 아는 타투이스트인가 봐요. 결제 해놨다니까 한 번 가 봐요. 그리고 제가 말 한 건 비밀이에요. 아셨죠?"

"네!"

소영과 미주는 또다시 한참을 웃었다. 소영은 정연의 마음을 느낄 수 있었다. 정연의 마음도 자신과 같다는 확신이 들었다. 앞으로 일주일, 정연을 만날 생각에 소영의 볼이 새빨간 사과보다 더 빨개졌다.

*****

누군가를 떠올렸다는 이유만으로 심장이 두근거린다면, 당신은 지금보다 나아질 준비가 된 셈이다. 사랑은 감사하게도 이런 역할까지 한다. 지금의 소영처럼.

보람,
미안함의 다른 이름

말을 하지 않아도 느껴지는 게 있다.

표정에는 고마움, 미안함, 그리움이 투영되기 때문이다.

그리고 이 감정들은 표현함으로써 명확해진다.

자신에게도, 서로에게도.

*****

의뢰 내용- 외국인 노동자와 근로기준법

"어머니, 아버지. 무슨 일이세요?"

정연의 아버지는 황소처럼 거칠게 숨을 내뱉었고, 평소 주름을 무척이나 신경 쓰는 어머니도 미간이 좁혀질 정도로 인상을 쓰고 있었다. 정연은 부모님이 이토록 화난 모습을 본 적이 없었다. 왜 이렇게 화가 나셨지? 나 때문인가? 곰곰

이 생각해도 자신의 잘못이 떠오르지 않았다.

“잠시 흥분 좀 가라앉히시고 말씀해보세요.”

민주 사무장은 냉수를 두 잔 떠와서 정연의 부모님께 건넸다. 정연의 아버지가 사무실 출입문을 바라보며 말했다.

“괜찮으니까 어서 들어오거라.”
“밖에 누구 있어요?”

정연이 물었다. 사무실 문이 천천히 열리며 까무잡잡한 피부의 젊은 남성이 나타났다. 그 남성은 마치 큰 잘못이라도 한 사람처럼 고개를 푹 숙인 채 떨어지지 않는 발걸음을 사무실로 옮겼다.

“형, 안녕하세요…….”
“덴바?”

정연의 부모님은 선교 목적으로 베트남 심장병 어린이들

을 돕고 있는데, 덴바는 유일하게 정연의 이름으로 후원하고 있는 아이다. 지금은 완치가 되었고, 어렸을 적 소원대로 서울에서 대학교를 다니고 있다.

아버지가 정연의 어깨에 손을 올리며 물었다.

"오정연 노무사! 외국인도 노동법에 해당하지?"

"우리나라에서 일하면 전부 노동법으로 보호받아요. 그런데 갑자기 왜요?"

"그럼 근로자를 때리면!"

"5년 이하의 징역 또는 5천만 원 이하의 벌금이요. 그런데 갑자기 왜……, 혹시?"

"덴바야. 정연이 형한테도 보여주거라."

"저 정말 괜찮아요……."

아버지는 덴바의 등을 토닥였다. 그제야 덴바는 조심스럽게 상의를 올려 복부를 보여줬다. 얼핏 봐도 상처와 멍이 상당했다. 정연은 덴바의 뒤로 가서 등도 확인했다. 몸에 새겨진 선명한 붉고 푸른 멍이 이성을 도려내는 것 같았다.

"덴바! 왜 이래? 누가 이랬어?"
"그게 공장 직원이……."

피가 거꾸로 솟구쳤다. 심장이 부르르 떨려왔다.

"거기 어디야?"

덴바는 정연의 손목을 잡으며 애원하듯이 말했다.

"형, 저 진짜 괜찮으니까 화내지 마세요. 저 정말 괜찮아요."
"몸이 이런데 뭐가 괜찮아! 거기 가자."
"형 제발……."
"너 잘못한 거 없어. 그러니까 앞장서."

정연은 머뭇거리는 덴바의 손을 잡고 밖으로 나갔다. 부모님과 민주 사무장 모두 따라 나왔지만 정연은 사무실에서 기다리시라고 말씀드렸다. 택시를 타자 덴바가 위치를 말했다. 정연은 누군가에게 전화를 걸었다.

약 20분 정도 이동하자 공장이 즐비한 지역에 도착했다. 정연은 힘없이 뚜벅뚜벅 걷는 덴바의 뒤를 좇아 한 건물에 들어갔다. 문을 열자 외국인 노동자들이 가득한 작업장이 나왔다. 정연과 덴바를 발견한 한국인 남성 한 명이 목 관절을 풀며 정연에게로 걸어왔다. 바지 주머니에 손을 넣은 그는 정연을 삐딱하게 쳐다보며 말했다.

"하, 이 새끼 도망가더니 친구 데려왔네."

"당신이 때렸어?"

"이 사람이 초면에 말을 놓네. 그래 내가 때렸다."

"지금부터 말 신중하게 해. 전부 녹음하고 있으니까. 다시 묻는다. 당신이 때렸어?"

"그래 씨팔. 내가 때렸다. 어쩔래?"

"근로기준법 제8조 근로자 폭행 위반. 5천만 원 이하의 벌금 또는 5년 이하의 징역. 알고 있지?"

"모르나 본데 외국인은 노동법 적용 안 돼."

"지랄, 네가 헌법재판관이야? 하긴, 이번 기회에 제대로 배우면 되겠네."

[외국인 근로자의 근로기준법 적용 여부]

헌법재판소 결정 2007.8.30. 2004헌마670

근로의 권리가 "일할 자리에 관한 권리"만이 아니라 "일할 환경에 관한 권리"도 함께 내포하고 있는 바, 후자는 인간의 존엄성에 대한 침해를 방어하기 위한 자유권적 기본권의 성격도 갖고 있어 건강한 작업환경, 일에 대한 정당한 보수, 합리적인 근로조건의 보장 등을 요구할 수 있는 권리 등을 포함한다고 할 것이므로 외국인 근로자라 하여 이 부분에까지 기본적 주체성을 부인할 수는 없다. 즉 근로의 권리의 구체적인 내용에 따라, 국가에 대하여 고용증진을 위한 사회적·경제적 정책을 요구할 수 있는 권리는 사회권적 기본권으로서 국민에 대하여만 인정해야 하지만, 자본주의 경제질서하에서 근로자가 기본적 생활수단을 확보하고 인간의 존엄성을 보장받기 위하여 최소한의 근로조건을 요구할 수 있는 권리는 자유권적 기본권의 성격도 아울러 가지므로 이러한 경우 외국인 근로자에게도 그 기본권 주체성을 인정함이 타당하다.

판례 전문보기

일반인이 법에 대해서 유창하게 말하는 사람을 볼 기회는 많지 않다. 그 남자가 정연에게 목소리를 높이며 물었다.

"너 뭐하는 새끼야!"

"나? 노무사. 그리고 얘는 내 동생."

"노무사라고?"

"친구 한 명 더 올 테니까 잠깐만 기다려. 그 친구가 너 보면 진짜 좋아할 거다."

말 끝나기가 무섭게 누군가가 작업장으로 뛰어 들어왔다.

"노무사님, 무슨 일이에요?"

"감독관님, 근로자 폭행 사건입니다. 폭행 자백한 녹취파일 전송해드릴게요."

녹취파일을 다 들은 사법경찰관인 근로감독관은 수갑을 꺼내 덴바를 폭행한 남성의 손목에 채웠다. 남성은 무릎을 꿇으며 빌었지만 선처가 될 리 만무했다. 감독관은 조서를 작성해야 한다며 덴바도 데리고 나갔다. 작업장을 나설 때쯤 그 남성은 정연을 향해 "다 너 때문이야!"라고 소리쳤다. 정연은 전혀 반성의 기미가 없는 그를 향해 주먹을 날리고 싶었지만 애써 분노를 진정시키며 가운뎃손가락만을 치켜세웠다.

사무실로 돌아간 정연은 안절부절 기다리던 부모님께 조금 전 있었던 일을 상세히 설명했다. 그제야 부모님은 안도의 한숨을 내쉬며 긴장의 끈을 풀었다. 어머니가 말했다.

"아직도 그런 나쁜 사람들이 있네. 진짜 천벌을 받아야 정신을 차리지."

"외국인 근로자 폭행은 외교적인 문제가 포함될 수 있으니까 따끔하게 처벌할 거예요."

"민주 씨가 그러더구나. 너 이렇게 화난 거 처음 봤다고."

"화날 만하죠."

"그나저나 덴바는 언제쯤 오니? 우리 덴바 배 많이 고플텐데."

"전화해 볼게요."

통화연결음이 수차례 들렸지만 근로감독관의 목소리를 들을 수는 없었다. 통화종료 버튼을 터치하고 5분가량 기다리자 정연의 휴대전화가 울렸다. 근로감독관이었다.

"방금 막 조서 작성 끝났습니다. 귀가하셔도 됩니다."

“확실하게 처벌해주세요. 오늘 바로 와주신 것도 그렇고 매번 신세만 지내요. 감사합니다.”

“별말씀을요. 나쁜 놈들도 잡고, 실적도 올리고 좋죠. 그런데 조서 쓰면서 들어보니까 상습적으로 폭행하고, 월급도 반만 지급하면서 나중에 준다고 그랬대요. 그래서 못 그만뒀다고 하더라고요. 내일 아침에 사업장 전수조사 들어갈 건데 시간 괜찮으시면 같이 가시겠어요?”

“내일은 제가 많이 바빠서 못 갈 것 같아요.”

“그러세요? 그럼 어쩔 수 없죠. 아무튼 결과 나오면 연락드리겠습니다.”

전화를 끊은 정연은 부모님과 함께 덴바가 있는 곳으로 향했다. 덴바를 발견한 어머니는 그를 꼭 안았고, 아버지는 양손을 잡았다. 덴바는 아무 말 없이 땅만 쳐다보았다. 그렇게 아주 잠깐 서 있었다.

정연은 덴바와 부모님을 모시고 인근에 있는 해산물 전문점으로 자리를 옮겼다. 아버지는 아귀찜 대(大)자를 주문했다. 또다시 침묵이 흘렀고, 정연의 부모님은 무거운 목소리로 입을 열었다.

"그런 일이 있었으면 말을 하지 그랬어? 정연이 형이 노무산데, 금방 처리해 줬을 텐데."
"우리 덴바 고생 많았어. 얼굴 홀쭉해진 것 좀 봐."

어머니의 말을 들은 정연은 손을 들어 직원을 불렀다.

"저희가 대 시켰는데 특대로 바꿀 수 있나요?"
"네 분이서 특대 드시면 많을 텐데 그래도 바꿔드려요?"
"네. 바꿔주세요."

무슨 말이라도 하길 기다렸지만 음식이 나올 때까지 덴바는 아무 말도 하지 않았다. 아버지가 살이 두툼한 한 조각을 앞접시에 덜어 덴바 앞에 놓자 그제야 천천히 입을 열었다.

"어떻게 해야 할지 정말 몰랐어요. 그만두면 월급도 못 받을까봐 참고 또 참고 일하러 나갔는데 매일 매일이 정말 무서웠어요. 저 집에 가고 싶어요. 베트남 가고 싶어요……."

덴바가 닭똥 같은 눈물을 흘리기 시작하자 아버지는 자신의 이마를 문질렀고, 어머니는 엄지손가락을 깨물었다. 한국사람으로서, 그저 한국사람으로서 덴바에게 미안해했다. 자신의 심장병을 낫게 해준 나라, 드라마와 영화를 보며 동경해 오던 나라, 언젠가는 꼭 가보고 싶었던 나라에서 끔찍한 대우를 받은 덴바의 심정만할까……. 이런 생각에 정연은 더욱 더 덴바에게 미안해졌다.

한참을 운 덴바는 눈물을 닦은 후 음식을 먹기 시작했다. 아버지와 어머니 그리고 정연도 그제야 젓가락을 들었다. 식사는 누구 하나 아무 말도 없이 조용히 끝이 났다. 덴바가 젓가락을 내려놓자 어머니가 정연에게 말했다.

"아들, 엄마가 아무래도 마음이 불편해서 그러는데 덴바도 집으로 같이 가자. 이대로는 못 보내겠어."

"네, 전 좋아요. 덴바, 갈 거지?"

"아니에요. 저 그냥 갈래요."

"같이 가자. 오랜만에 봤으니까 같이 있자."

"……."

집에 도착한 정연은 부모님께 안방을 내어드리고 거실에 이불을 깔았다. 그리고는 덴바와 많은 얘기를 나눴다.

“이렇게 가까이 살았는데 이제야 얼굴을 보네. 내가 신경 좀 썼어야 했는데……. 그동안 어떻게 지냈어?”

“아니에요, 형. 저 잘 지냈어요. 친구도 많이 생겼고요.”

“학교는 좀 어때? 국문학과라고 그랬지? 한국어로 공부하는 거 어렵지 않아?”

“한국어는 공부할수록 더 재밌어요. 저 꿈도 정했는걸요.”

“꿈? 무슨 꿈?”

“공부 열심히 해서 꼭 한국어 교원자격증 딸 거예요. 그래서 베트남에서 한국어 가르칠 거예요. 이번에 KBS 한국어능력시험 봤는데 점수도 잘 나왔어요.”

“오! 그래? 나도 KBS 한국어능력시험 점수 있는데. 몇 등급 나왔어?”

“1- 나왔어요. 형은요?”

정연은 말을 멈췄다. ‘2+’, 결코 낮은 점수는 아니지만 덴바의 점수보다는 낮았기 때문이다. 그럼 덴바가 나보다 한국어를 잘하는 건가? 의문의 1패를 당한 정연은 서둘러서 대화 주제를 바꿨다. 그렇게 이런저런 대화가 오갔고, 정연은 스르르 잠이 들어버렸다.

뒤척거리다 잠에서 깬 정연은 오른쪽으로 고개를 돌렸다. 자고 있어야 할 덴바가 보이지 않았다. 투룸 아파트인 정연의 집, 덴바가 있을 곳이라고는 화장실 말고는 서재 겸 드레스룸으로 쓰는 작은 방뿐이었다. 정연은 몸을 일으켜 세워 작은 방으로 향했다. 문고리를 잡으려는데 덴바의 목소리가 들려왔다.

정연은 방문에 귀를 바짝 댔다. 대부분이 알아듣지 못하는 말이었으나 '하나님', '아버지'와 같은 단어가 흘러나오기도 했다. '기도하나 보네.'라며 뒤돌아서려는 정연의 귀에 몇 개의 단어가 꽂혔다. 정연의 표정이 단단하게 굳어졌다. 한숨을 내쉬며 이부자리로 돌아갔다. 잠시 후 방에서 나온 덴바는 정연의 옆에 앉으며 말했다.

"형 안 주무셨어요?"

"방금 깼어. 기도하고 왔어?"

"네. 어떻게 아셨어요?"

"기도하는 소리가 들려서. 하나님, 아버지 이런 말도 들리고."

"저 베트남 말로 기도했는데……."

"너 한국어 잘하잖아. 섞여서 나왔나 보네. 다른 언어 능숙하게 하면 무의식중에 말 나오는 것처럼. 그런데 엿들으려고 들은 건 아닌데 누가 다쳤어? 그런 말 하던 것 같던데."

"아, 친구가 좀 다쳤어요. 그래서 기도했어요."

"친구? 베트남 친구?"

"네. 제 친구도 한국에 있거든요. 얼마 전에……."

침실 문이 열리며 아버지가 나왔다.

"아직 안 자고 뭐해?"

"덴바랑 이야기 좀 하느라고요. 아버지는 왜 안 주무시고 나오셨어요?"

"자다 깨서 잠이 안 오네."

아버지는 덴바의 옆에 앉았다. 덴바는 아버지를 잠시 쳐다본 다음, 다시 정연을 보며 말을 이었다.

"저 한국 들어올 때 같이 온 친구가 있어요. '무어'라고……. 무어는 관광차 온 거라 베트남에 돌아가야 하는데 안 가고 공장에서 일했어요. 한국에서 버는 게 베트남에서 버는 것보다 돈 더 많이 버니까요."

"그럼 무어라는 친구가 다친 거야?"

"네. 한 달 전에 일하다가 기계에 끼어서 왼쪽 손목이……. 무어는 저처럼 한국말 잘하지는 못해요. 그래서 다친 것 같아요."

보통의 입장에서는 딱하다 여기고 넘어갈 수 있는 문제였다. 그러나 정연의 귀에는 전혀 다르게 들렸다.

"그래서 어떻게 됐는데?"

"일단은 목사님 집에서 치료하고 있어요. 많이 아프대요. 불법체류자라 병원에도 못 가고……. 목사님 아시는 의사 선생님이 계시는데 그분이 매일 와서 치료해줘요. 저도 무어 베트남 돌아갈 돈 마련하느라 일 한 거고요."

"잠깐만! 그 회사는? 아무것도 안 해줬어? 보상 같은 것도 전혀?"

"사고 나니까 다음 날부터 나오지 말라고 했대요."

아무리 불법체류자라 하더라도 자신들의 회사에서 일하다가 다친, 아니 손이 잘린 사람을 제대로 치료해주지 않은 것도 모자라 해고라니! 인간 대 인간으로 이건 정말 아니잖아! 누군가가 심장을 쥐어짜기라도 한 것처럼, 정연은 가슴 한 켠에서 답답함이 느껴졌다.

"아침에 무어한테 같이 가보자. 아무래도 거기 사장 내가 만나봐야겠다."

가만히 이야기를 듣던 아버지는 정연의 무릎에 손을 올리며 물었다.

"그 무어라는 애가 지금은 불법 체류자 신분인데 어떻게 하려고?"

"불법 체류자든 어떻든 우리나라에서 근로를 했다면 노동법으로 보호를 받아요. 그건 그렇다 치더라도, 인간을 기계 부품처럼 쓰고 버리는 인간 자격도 없는 그런 인간들을 가만히 두고 볼 수 없잖아요!"

[취업자격 없는 근로자의 근로기준법 적용 여부]

대법원 판례 1995.09.15. 94누12067

구 출입국관리법의 입법 취지가 단순히 외국인의 불법체류만을 단속할 목적으로 한 것이라고는 할 수는 없고, 위 규정들은 취업 자격 없는 외국인의 유입으로 인한 국내 고용시장의 불안정을 해소하고 노동 인력의 효율적 관리, 국내 근로자의 근로조건 유지 등을 목적으로 효율적으로 달성하기 위하여 외국인의 취업 자격에 관하여 규율하면서 취업 자격 없는 외국인의 고용을 금지시키기 위한 입법목적도 아울러 갖고 있고, 이는 취업 자격 없는 외국인의 고용이라는 사실적 행위 자체를 금지하고자 하는 것뿐이지 나아가 취업 자격 없는 외국인이 사실상 제공한 근로에 따른 권리나 이미 형성된 근로관계에 있어서의 근로자로서의 신분에 따른 노동관계법상의 제반 권리 등의 법률효과까지 금지하려는 규정으로 보기 어렵다.

취업 자격 없는 외국인이 구 출입국관리법상의 고용 제한 규정을 위반하여 근로계약을 체결하였다 하더라도 그것만으로 그 근로계약이 당연히 무효라고는 할 수 없고, 취업 자격은 외국인이 대한민국 내에서 법률적으로 취업 활동을 가능케 하는 것이므로 이미 형성된 근로관계가 아닌 한 취업 자격 없는 외국인과의 근로관계는 정지되고, 당사자는 언제든지 그와 같은 취업 자격이 없음을 이유로 근로계약을 해지할 수 있다. 외국인이 취업 자격이 아닌 산업연수 체류자격으로 입국하여 구 산업재해보상보험법의 적용대상이 되는 사업장인 회사와 고용계약을 체결하고 근로를 제공하다가 작업 도중 부상을 입었을 경우, 비록 그 외국인이 구 출입국관리법상의 취업 자격을 갖고 있지 않았다 하더라도 그 고용계약이 당연히 무효라고 할 수는 없고, 위 부상 당시 그 외국인은 사용종속관계에서 근로를 제공하고 임금을 받아 온 자로서 근로기준법 소정의 근로자였다 할 것이므로 구 산재법상의 요양 급여를 받을 수 있는 대상에 해당한다.

판례 전문보기

"아들, 지금 많이 흥분한 것 같으니까 좀 가라앉히고. 덴바도 어서 자렴. 정연이가 같이 가준다니까 무슨 수라도 있을 거다."

정연도 일단 다시 눕기는 했지만, 도저히 잠이 오질 않았다. 큰소리치듯 말했지만 외국인 노동자 사건을 다뤄본 적은 손에 꼽을 정도로 많지 않았다. 결국, 잠은 포기하고 작은방으로 들어가 노동판례집과 이론 서적 6권을 꺼내 책상 위에 올렸다. 정연은 예전 노무사 시험을 준비할 때 공부했던 내용을 떠올리며 한 글자도 빼놓지 않고 꼼꼼하게 읽어 내려갔다.

아침 7시 반, 밤을 꼬박 새운 정연은 민주 사무장에게 전화를 걸었다.

"웬일이래, 이렇게 일찍 무슨 일이에요?"

"저 오늘 진짜 중요한 일이 있어서 그러는데 오늘 일정 전부 미뤄줄 수 있어요?"

"그거야 노무사님 재량이죠."

"제가 일일이 연락 못 드릴 것 같은데 부탁 좀 드릴게요."

"무슨 일 있어요? 어제 그 덴, 덴바 맞죠? 그 사람 일이에요?"

"덴바 일은 아니고요, 다른 일인데 이따가 말씀드릴게요."

"네, 알겠어요. 내일이랑 모레로 다 옮길게요. 오케이?"

"감사해요. 부탁드릴게요."

잠시 후, 어머니가 방문을 노크했다.

"아들, 아침밥 먹어."

"잠깐만요. 곧 나갈게요."

거실로 나가자 풍성한 반찬이 정연을 기다리고 있었다. 여기도 나물, 저기도 나물, 정연이 가장 좋아하는 엄마표 토끼 밥상이었다. 그러나 젓가락을 움직이는 정연의 손놀림은 반찬 투정을 하는 꼬마 아이보다 더 느렸다. 지금 정연의 머리를 가득 채운 한 가지, 자신이 여유를 부리는 만큼 무어가 힘들어하는 시간이 늘어날 거라는 생각! 밥이 넘어가지 않았다. 때마침 전화벨이 울렸다. 정연은 휴대폰을 집어 들며 어머니께 말했다.

"엄마, 저 전화 좀 받을게요. 밥 다 먹었으니까 제 것은 치워주세요."

"좀 더 먹지?"

"괜찮아요. 방에 들어갈게요."

방에 들어가서 전화를 받았다.

"우리 사회자님 좋은 아침."

"아침부터 웬일이야?"

"오빠 상태 괜찮나 확인차 전화했지. 이제 2일 남았다. 은근 떨려."

"안 바빠?"

"어제까지는 바빴는데 오늘부터는 한가해. 그런데 오빠 목소리가 좀 허스키한데 무슨 일 있어?"

"확인 좀 할 게 있어서 잠을 못 잤어. 너 검사할 때 출입국 관리법도 많이 다뤘어?"

"그럭저럭. 오빠가 출입국 관리법 말하는 거 보니까 불법 체류 근로자 고용?"

"산업재해를 당했는데 불법체류자라고 해고한 사건이야."

정연은 미주에게 무어의 사건을 설명했다. 미주가 물었다.

"그래서 어떻게 할 생각인데?"

"일단 그 회사로 가서 사장을 만나 볼 생각이야. 그 회사

책임이 막중하니까. 출입국 관리법 제18조 제3항, 취업 자격 없는 외국인 근로자 고용이랑 근로기준법 제23조 제2항, 업무상 부상으로 휴업 중인 근로자 해고 이 두 개 위반은 명백하잖아."

"합의하려고?"

"응. 합의로 처리하고 불법체류 자진신고 쪽으로 해서 무어를 베트남 집으로 보내는 게 최선일 것 같아. 같이 갈래? 줄 것도 있는데."

"줄 거? 뭐야, 뭐야?"

"그런 게 있어. 만나서 말해줄게."

정연은 덴바와 함께 무어가 머무르고 있는 목사님 집으로 향했다. 아파트 입구에서 5분 정도 기다리자 미주가 도착했고, 이윽고 무어를 만날 수 있었다. 정연과 미주를 본 무어는 눈에 힘을 바짝 주며 경계를 풀지 않았다. 당연히 그럴만한 건가, 무어의 상태가 눈에 들어오자 정연은 괜히 자신이 미안해졌다. 덴바가 베트남어로 무어와 잠시 이야기를 나누자 무어의 경계는 조금이나마 누그러졌다. 정연과 미주는 덴바의 통역으로 자세한 사정을 들을 수 있었다.

베트남은 지역을 4개로 나눠 최저임금에 차등을 두고 있다. 무어가 사는 동네의 최저임금은 한국 공장에서 받는 월급의 1/8 수준이었다. 1년만 일하고 베트남으로 돌아갈 계획이었지만 안타깝게도 사고를 당했다. 한국말이 서툴렀기에 주의사항을 제대로 숙지하지 못한 탓이었다.

불법체류자라 해도 근로기준법의 보호를 받는다. 그리고 근로기준법상 근로자면 산업재해보상보험법상 근로자에도 해당되기에 산업재해 보험금을 받을 수 있다. 그러나 불법체류자를 고용한 회사에서 그 불법체류자의 산재보험금을 냈을 가능성은 없다. 산재보험금을 내지 않았어도 산재보험금을 받을 수는 있지만, 그 과정에서 불법체류자를 고용한 사실이 필연적으로 드러난다. 정연은 무어가 해고당한 이유를 직감했다.

목사님 집에서 나온 정연과 미주는 무어가 일러준 주소로 향했다. 빨간 불에 잠시 멈춰 섰을 때 미주가 정연에게 '줄 것'에 대해 물었지만 자료를 검토하느라 정신이 없던 정연은 왼손을 가볍게 들며 '있다가'라고만 말했다. 그렇게 약 30분 정도를 이동하자 눈앞에 상당한 규모의 공장이 나타났다.

정연은 이해가 되지 않았다. 이 정도의 규모를 갖추고 있는 사업장에서 취업 자격 없는 외국인 고용이라는 리스크를 껴안을 필요가 있을까? 주먹을 불끈 쥐었다. 지금부터 이 공장이 견고한 철옹성인지 아니면 작은 균열에도 무너질 수 있는 복잡한 철옹성인지 확인해볼까!

첫 관문은 입구에서였다. 출입증을 부착하지 않은 미주의 차를 보자 경비원이 뛰어나왔다.

"어떻게 오셨나요?"

"저는 김미주 변호사라고 합니다. 이쪽은 오정연 노무사고요."

"오늘 방문하신다던 변호사님이신가 보네요. 들어가세요."

미주는 차를 몰아 공장부지로 진입했다. "방문하신다던 변호사?" 정연이 운전석을 쳐다보며 묻자, 미주는 고개를 갸웃거리며 "들어왔으니 뭐 상관없잖아."라고만 말했다.

2차 관문은 비서였다.

“어떻게 오셨나요?”

“저는 김미주 변호사고 이쪽은 오정연 노무사예요. 사장님 좀 뵙고 싶은데요. 중대하고 긴급한 사안이라 사전에 약속을 잡지는 못했습니다.”

“죄송하지만 미리 약속을 잡지 않으셨으면 사장님을 뵐 수 없습니다.”

역시! 그때 비서는 미주의 뒤쪽을 보며 깍듯하게 인사를 했다. 비서가 인사한 방향으로 고개를 돌린 정연은 한 무리의 중년 남성들이 걸어오는 걸 볼 수 있었다. 두 명은 선두에서 이야기를 나눴고, 5명은 그 뒤를 따르고 있었다. 선두에 있던 남성 중 한 명이 오른손을 내밀며 미주에게 다가왔다.

“김 검사, 아니 김 변호사! 여기서 만나네. 어쩐 일이야?”

“선배! 진짜 오랜만이에요. 잘 지내셨어요?”

“나야 한결같지. 결혼식장이 아니라 여기서 볼 줄은 생각도 못 했네. 그런데 옆에 분은?”

“오정연 노무사님이세요. 오빠, 여기는 내 사수셨던 최동훈 검, 아니 최동훈 변호사님.”

습관이라는 게 쉽게 바꾸지 않는 것처럼, 가벼운 실수를 똑같이 한 최 변호사는 미주와 한바탕 웃고는 정연에게 손을 내밀며 악수를 청했다. 이 모습을 지켜보던 무리 중 선두에 있던 다른 남성이 앞으로 나오며 말을 했다.

"최 변호사님이 이렇게 호탕하게 웃으시는 건 처음 봅니다. 반가운 분들이라도 만나셨나 봅니다?"

"네. 검사 시절 제가 제일 아끼던 후배를 여기서 만났네요. 미주야 인사드려. 사장님이셔."

사장이라고? 만나지 못할 뻔했던 인물의 등장에 정연은 그에게 시선을 고정시켰다. 사장은 얼핏 보더라도 조카뻘인 미주에게 정중히 고개를 숙였다. 권위적이지 않은 그런 모습 때문이었을까, 정연은 어쩌면 대화가 잘 통할 수 있겠다는 기분마저 들었다.

"혹시 블러디캐슬 사건의 히로인이신 그 김미주 변호사님이십니까? 최 변호사님께 말씀 많이 들었습니다. 만나 뵙게 되어 영광입니다."

"처음 뵙겠습니다. 김미주라고 합니다. 그리고 이쪽은 오정연 노무사님이세요."

미주가 소개를 하자 사장과 정연은 서로 목례를 했다. 사장이 물었다.

"그런데 변호사님이랑 노무사님이 저희 회사는 어쩐 일로? 이럴 게 아니라 들어가서 얘기합시다."

사장과 최 변호사, 미주와 정연은 사장실로 들어갔다. 끝판왕을 만나기까지 진행은 생각보다 순조로웠다. 진짜 문제는 지금부터였다. 정연에게 무어의 이야기를 들은 사장은 자신의 턱수염을 쓰다듬으며 말을 했다.

"그럴 리가 없습니다. 저희 회사가 라인 근로자로 외국인들을 상당수 고용하고 있지만 임금도 동종 공장근로자보다 높게 지급하니 경쟁률도 치열하고, 선발 과정에서 꼼꼼하게 검토하는데 취업 자격 없는 외국인을 고용했을 리가 없습니다. 노무사님께서 무언가 착오가 있으신 것 같습니다만."

무어가 주소를 잘못 일러준 건가? 회사 이름도 맞는데……. 사장이 단호하게 반박하자 정연은 잠시 멈칫하고 말았다. 그러자 지금까지 가만히 듣고 있던 최 변호사가 입을 열었다.

"노무사님이 아무 근거 없이 이러실 이유가 있겠습니까? 그 무어라는 분이 8번 라인에서 근무하셨다고요? 사장님, 8번 라인 담당자를 불러서 직접 확인해보시지요?"

사장은 가볍게 고개를 끄덕이며 책상 위에 있는 버튼을 눌렀다.

"김 비서, 8번 라인 유 팀장 내 방으로 오라고 하세요."

잠시 적막이 흘렀다. 약 10분 정도가 흐르자 40대 중반 정도로 보이는 남자가 사장실로 들어왔다. 뛰어왔는지 이마에는 땀방울이 송골송골 맺혀있었다. 사장이 물었다.

"자네 라인에 외국인 근로자가 몇 있지?"

"세, 세 명 있습니다."

"그중에 최근에 자네가 해고한 사람이 있나?"

"아, 아닙니다. 그런 사실 없습니다."

정연은 조금 전에 찍은 무어의 사진을 스마트폰에 띄운 후, 유 팀장에게 보여주며 말했다.

"베트남인, 이름 무어, 21세. 한 달 전에 여기서 일하다가 손목이 잘렸는데 직접 해고하지 않으셨습니까! 이 얼굴 정말 모르시겠습니까!"

유 팀장은 정연의 말에 당황해하며 말을 더 더듬었다.

"사, 사장님. 저, 저는 지, 진짜 모르는 얼굴입니다. 이런 사람 아, 알지도 모르고 본 저, 적도 없습니다."

도둑이 제 발 저리는 것처럼 유 팀장의 반응이 그러했다. 사장의 표정이 심하게 일그러지기 시작했다. 그는 자리에서 벌떡 일어서며 고함쳤다.

"설마 설마 했는데 그 설마가 진짜일 줄이야! 자네 미친 겐가? 사람이 다쳤으면 치료를 해야지 감히 해고를 해! 네가 그러고도 사람이야! 하아……. 도대체 왜 그런 건가?"

바들바들 떨고 있는 유 팀장 대신 정연이 말을 했다.

"사장님께서 동종 산업보다 높은 임금이라고 하셨는데 제가 듣기로는 무어 씨는 최저임금을 받았다고 했습니다. 이게 그 이유인 것 같습니다."

짧은 말이었지만, 알만한 사람은 다 알 수 있는 그런 말이었다. 사장이 되물었다.

"그러니까 정식 근로자인 것처럼 채용을 한 다음에 중간에서 임금을 가로챘다는 뜻입니까?"

"확실한 건 직접 들어봐야겠지만 정황상 유력해 보입니다. 불법체류자라 신고도 못 할 테니까요."

유 팀장은 바들바들 떠는 몸을 간신히 움직여 무릎을 꿇고 양손을 싹싹 빌었다.

"사, 사장님, 저, 정말 잘못했습니다. 제, 제발 살려 주십시오."

"자네를 그렇게 신임했건만! 하아, 아무래도 내가 사람을 잘못 봐도 한참 잘못 본 모양입니다. 일단 자네는 나가 있게."

유 팀장이 후들거리는 다리를 손으로 지탱하며 사장실에서 나가자 사장은 뒷목을 잡으며 휘청거렸다. 최 변호사는 사장을 부축해 소파에 앉히며 차가운 물을 권했다. 냉수를 벌컥벌컥 마신 사장은 면목 없다는 듯이 무겁게 입을 열었다.

"관리자들의 권한을 지나치게 높였던 제 잘못입니다. 그 권한을 회사를 위해 쓸 거라 생각했는데 믿는 도끼가 발등을 이렇게 찍을 줄이야……. 그 무어라는 사람은 현재 상태가 어떻습니까? 그 사람에게 정말 면목이 없습니다."

"김 대리라는 분이 응급처치도 잘 해주셨고, 그분의 형이 외과 의사여서 바로 봉합수술을 할 수 있었습니다. 대신 입원까지는 하지 못했습니다. 신분이 불법 체류자니까요. 무어 씨는 앞으로 정상적으로 손을 쓰기는 힘들 것 같습니다. 아마도 평생이겠죠."

"유 팀장은 어떻게 되는 겁니까? 회사 차원에서는 징계해고가 불가피합니다. 그리고 이 정도면 법적 처벌도 당연히 상당하겠죠?"

"일단 출입국관리법상 취업 자격 없는 자를 고용했으니 2년 이하의 징역 또는 2천만 원 이하의 벌금형과 근로기준법 해고절대금지 기간에 해고를 했으니 5년 이하의 징역 또는 5천만 원 이하의 벌금형이 병합될 겁니다. 추가적인 범죄 혐의는 김미주 변호사가 전부 검토해서 내일 안으로 검찰에 알릴 예정입니다."

예고도 없이 갑자기 자신의 이름이 나오자 미주는 나지막하게 "나?"라고 속삭였고, 정연은 보일락 말락 하게 한쪽 눈을 감았다. 역시 미주는 미주였다. 단번에 정연의 의도를 눈치챈 미주는 자신이 나서야 할 상황을 기다렸다. 사장이 담담한 어조로 말했다.

"예상은 했지만, 처벌이 상당하군요……."

"문제는 그것만이 아닙니다. 유 팀장은 사업주도 아니고, 독립된 회사도 아니기에 형사 처벌의 주체가 될지 명확하지 않다는 점이죠."

"그 말씀은……. 회사도 책임을 면할 수는 없다는 뜻이겠군요."

"형사 처벌도 중대하지만, 어쩌면 지금까지 쌓아 올린 브랜드 이미지에 적지 않은 손실이 따를지도 모릅니다."

온몸에서 힘이 빠져버리기라도 하듯, 사장은 한숨을 내뱉으며 고개를 떨궜다. 효율성을 기업의 내부 경쟁력이라 한다면, 브랜드 이미지는 외부 경쟁력이나 마찬가지이다. 공든 탑이 무너진다는 말처럼 조금씩 그리고 천천히 구축해온 이미지가 실추되는 건 한순간임을 사장은 누구보다 잘 알았기에 한숨은 더욱 짙어졌다.

사실, 정연은 사장의 이러한 반응을 바라고 있었다. 협상의 기본적인 원칙. 상대방의 요구를 들어주면서, 내 요구를 들어주도록 만든다! 정연이 말했다.

"무어 씨는 건강이 회복되는 대로 불법체류 자진신고 절차를 거쳐 본국으로 돌아갈 겁니다. 사측과 유 팀장에게 법적 처벌이 가해지면 무어 씨는 잠시나마 기분은 풀리겠지만 그게 다겠죠. 손해배상은 당연히 청구하겠지만 제법 시간이 걸릴 거라 생각됩니다. 대신, 무어 씨가 베트남에서 새 출발을 할 수 있도록 충분한 보상을 하면 얘기가 달라질 것 같습니다."

"보상이라면 어느 정도를……?"

"2억 6천만 원입니다."

"2억 6천이요? 음……."

정연은 제법 냉랭한 어투로 물었다.

"사장님께는 슬하에 자녀분들이 있으실까요?"

"아들, 딸 하나씩 있습니다. 그런데 그건?"

"부모의 입장으로 생각해 주셨으면 해서요. 무어 씨의 부모님이 입을 상처를요."

"그렇게 말씀하신다면……."

자신이 나설 순간임을 알았는지, 미주가 입을 열었다.

“유 팀장이 불법하게 중간수입으로 챙겼던 금액을 모두 환수하시고, 무어 씨에게 보상할 금액을 적절하게 유 팀장에게 구상하시면 됩니다. 이 사건의 전반적인 책임은 유 팀장에게 있으나, 사측도 완벽한 무과실이라고는 할 수 없습니다.”

“알겠습니다. 액수가 고액이니 이 자리에서 바로 확답을 드리기는 아무래도 힘들겠습니다. 이사님들과 면밀히 검토한 후, 제시하신 금액과 크게 차이나지 않는 선에서 말씀을 드려도 괜찮겠습니까?”

“네. 그렇게 해주세요.”

“오늘부터 많이 바쁠 것 같네요. 곧 연락드리겠습니다.”

미주와 정연은 사장과 최 변호사의 배웅을 받으며 사장실에서 나왔다. 입구로 걸어가던 정연은 비서에게 지시하는 사장의 목소리를 들을 수 있었다. 징계위원회와 산업안전보건위원회 소집 그리고 인사감사 실시를.

차에 앉아 안전벨트를 매는 정연에게 미주가 물었다.

"애매하게 왜 2억 6천이야?"

"사측에서 감액을 시도할 테니까."

"그래서 플랜B는?"

"2억 천만 원과 최상급 의료서비스 제공. 그리고 무어의 베트남행 비즈니스 클래스 티켓."

"천만 원은 이유가 따로 있는 거야?"

"그건 목사님 드리려고. 덴바가 그러는데 목사님이 경제적으로 지출이 상당하셨대. 개척교회 목사님이시라 많이 부담스러우셨을 텐데 이렇게라도 도와드려야지."

"그럼 오빠는?"

"난 덴바가 한국에 대한 부정적인 시각이 조금이나마 사라졌다면 그걸로 족해. 자기결정이론 알지?"

"자발적으로 한 일에 대해 보상을 받으면 자발적이라는 의미가 퇴색한다는 뭐 그런 거?"

"응. 그냥 오늘 일은 전부 내 자발적인 걸로 끝."

아주 가끔이지만, 미주에게 정연이 친구가 아닌 진짜 오빠처럼 느껴지는 순간이 있다. 바로 지금처럼 대가를 바라지 않고 행동할 때였다. 미주는 정연을 바라보며 속으로 이렇게 말했다. '소영 씨한테도 이렇게 좀 하지.' 그러다가 문득, 잊고 있던 게 떠올랐다.

"참, 오빠! 준다는 게 뭐야?"

정연은 미주에게 명함 한 장을 건넸다. 명함을 앞뒤로 샅샅이 살펴본 미주가 물었다.

"웬 명함?"
"좋은 소식과 아쉬운 소식이 있는데 뭐부터 들을래?"
"좋은 소식!"
"얼마 전에 A 백화점 일 있었잖아. 거기 인사팀장님께 어제 전화가 왔어. 가족 친화적 기업이라고 언론에 나간 다음에 광고효과를 톡톡히 보고 계시다고. 백화점 사장님이 나한테 꼭 보상을 해달라고 그러셨대. 처음에는 거절했는데 계속 거절하는 것도 아닌 것 같아서. 대신 네 이야기했어. 실질적으로 많이 도와줬고 곧 결혼한다고. 그러니까 인사팀장님이 꼭 전화 달래. 백화점 VVIP로 모신다고."

"우와, 우와! 정말이야? 그러면 아쉬운 소식은?"

"그게……. 인사팀장님께서 필요한 거 뭐든 말하라고 그러셔서 그럼 딱 하나만 받겠다고 그랬어. 그 하나를 미주 네가 고르는 거고."

"하, 하나?"

"싫어?"

"아니야. 누가 싫대! 아무튼 고마워 오빠!"

"나도 고마워. 너 아니었음 오늘 일 이렇게 안 끝났을지도 몰라. 정말 다행이야."

미주의 차가 공장 부지를 빠져나오자 밤을 샜던 정연은 깊은 잠에 빠져들었다. 눈을 뜬 곳은 무어가 있는 목사님의 집 앞이었다. 정연과 미주를 발견한 덴바는 정연의 손을 잡으며 "어, 어, 어." 소리만 냈다.

"어떻게 됐냐면 일단 이야기는 잘하고 왔어. 이게 궁금한 거지?"

덴바는 고개를 연신 끄덕였다. 정연은 덴바와 무어에게 있었던 일을 소상히 전달했다. 중간중간에 한국말을 이해 못하는 부분은 덴바가 베트남어로 설명을 했고, 그럴 때마다 무어도 고개를 끄덕였다. 덴바가 물었다.

"이제 무어는 어떻게 되는 거예요?"
"일단 합의금을 회사 간부들과 상의해서 결정한다고 했으니까 곧 연락이 올 거야. 금액은 최소 2억이야. 최소."

한국말을 잘한다지만 덴바에게 '억'이란 단어는 상당히 생소한 개념이었다. 스마트폰으로 베트남 환율을 계산해서 보여주자 덴바는 입을 쩍 벌린 채 그대로 얼음이라도 된 듯 잠시 동안 아무 말도 하지 못했다.

"사, 사, 사, 사십 이억 동? 형 이거 진짜에요? 사실이에요? 장난하지 마세요. 진짜에요?"
"놀랍지? 나도 이 정도 금액은 본 적도 없어. 그런데 사실이야."

덴바는 무어에게 베트남어로 말을 했고, 말이 끝나자 무어도 조금 전에 덴바가 보여줬던 그 상태가 되었다. 그리고는 그간 꼭꼭 감춰두기라도 한 듯 눈물을 끝도 없이 흘리기 시작했다. 그 모습이 얼마나 애처롭던지 옆에 있던 미주도 눈시울이 붉어졌다.

정연은 무어의 반응에 마음이 놓이긴 했지만 그렇다고 기쁘지도 않았다. 어떠한 보상으로도 무어가 겪었던 고통과는 비교조차 할 수 없다는 걸 알았기에, 그리고 앞으로 두 번 다시 한국에 오지 않을 걸 알았기에. 그래도 오늘의 일로 무어의 가슴에 자리 잡은 우리나라에 대한 나쁜 감정이 조금이라도 녹아들기를 간절히 바랐다.

정연은 "사장님께 연락 오면 바로 전화할게."라는 말을 남기고 목사님 집에서 나왔다. 정연이 미주 차의 조수석 문을 열자 미주가 물었다.

"왜 타? 오빠 차 안 가져왔어?"

"차는 부모님이 타고 가셨어."

"아저씨랑 아주머니 올라오셨어? 무슨 일 있으셔?"

"무슨 일 있지. 너 결혼식 가시려고."

"우와! 그렇게 말하니까 이제야 진짜 실감난다. 오빠는 믿어져? 내가 이틀 뒤면 품절녀야."

미주는 생각만으로도 행복한 듯 양손을 볼에 데고는 고개를 도리도리했다.

"처음 봤을 때는 코 흘리던 골목대장이었는데 우리 미주 진짜 많이 컸다. 오빠가 기도 잘 안 하지만 우리 미주 더 행복하게 해달라고 꼭 하나님께 기도할게."

"고마워, 오빠."

이번에도 차가 달리자마자 정연은 의식을 잃었다. 사무실 앞에서 미주가 흔들어 깨우자 그제야 눈이 떠졌다. 정연은 비몽사몽한 상태로 사무실로 향했다. 사무실 문을 열자, 잠이 덜 깬 정연을 본 민주 사무장이 깜짝 놀라며 자리에서 일어섰다.

"아니, 무슨 곤욕을 얼마나 어떻게 치뤘길래 표정이 이래요? 엄청 깨졌어요?"

"그게 아니고 어제 잠을 못 잤더니 정신을 차릴 수가 없어요. 저도 이제 나이가……."

"왜 그래요. 아직 총각이면서. 팔팔해야죠!"

민주 사무장은 정연의 어깨를 손바닥으로 쳤다. 얼마나 찰지게 때렸는지 '찰싹' 소리가 명쾌하게 울려 퍼졌다.

"아이고 아파라! 그럼 형님은요? 형님도 총각인데 덜 팔팔하잖아요."

"음, 그러니까, 아! 형님은 늙은 총각이라 안 팔팔해도 돼요."

이번에도 기가 막힌 타이밍에 금석 사무장이 사무실에 들어왔다.

"뭐? 늙은 총각? 민주 씨 병원 보내려고 일찍 왔는데! 나 빈정 상했어. 그냥 갈래!"

"정연 노무사님에 비해 그렇단 거죠. 사무장님 절대 40대로도 안 보여요! 30대 중후반 정도?"

"……정말이에요?"

"노무사님! 제 말 맞죠?"

민주 사무장은 윙크를 하며 부담스러운 대답을 정연에게 떠넘겼다. 떨떠름하긴 했지만 정연은 "네"라고 대답했다. 금석은 기분이 좋아졌는지 잇몸이 한가득 보이게 웃음꽃을 만개하며 민주 사무장에게 물었다.

"남편분은 좀 어떠세요?"

"회복이 상당히 빠른 편이래요. 어제는 행정팀 직원들이 병원비에 보태서 쓰라며 모금까지 해왔어요."

"진짜 전화위복이란 게 이런 건가봐."

금석과 민주 사무장은 동시에 정연을 쳐다봤다. 아, 이거, 쑥스럽게 왜들 이러셔. 민망함을 느낀 정연이 어색하게 웃었다. 민주 사무장이 물었다.

"오늘 또 어디서 싸우고 왔어요? 이 얘기만 듣고 갈게요."

정연은 2시간 전에 있었던 일을 소상히 말했다. 말이 끝나자 금석이 입을 열었다.

"그 팀장이란 사람 정말 못됐다. 그나저나 김 변호사님이 진짜 유명해지긴 했나봐. 결혼식 준비는 잘 되신대?"

"준비 다 끝났대요. 그런데 미주는 제가 더 걱정이래요. 사회 보다가 떨까봐. 제가 이래보여도 결혼식 사회 초짜는 아니거든요. 예전에 친구 결혼식에서 실수 많이 해서 이번에는 실수 안 할 자신 있어요."

말은 이렇게 했지만 긴장이 안 된다면 거짓말이었다. 정연은 다음 날과 그 다음 날로 미룬 일들을 처리하느라 긴장할 틈도 없이 미주와 수호의 결혼식을 맞이했다.

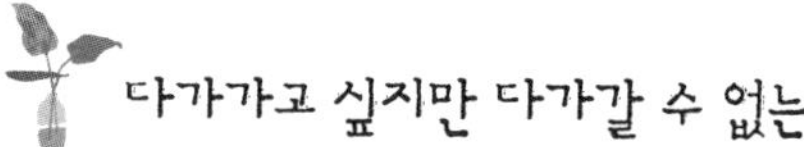

다가가고 싶지만 다가갈 수 없는

수련은 아침 일찍 소영의 집에 찾아갔다. 소영은 여러 옷을 꺼내놓고 무척이나 심각하게 고민을 하고 있었다. 수련이 말했다.

"소영이 넌 얼굴도 하얗고 키도 크니까 밝은색 원피스로 하자."

소영이 옷을 갈아입고 나오자 수련이 짝짝짝 박수를 쳤다.

"오, 정소영. 오늘 남자들 다 꼬셔버리겠는데!"
"진짜? 예뻐?"

거울 앞에 선 소영이 원피스 자락이 펄럭이도록 한 바퀴 빙글 돌자 수련이 고개를 끄덕였다.

"그런데 정연 노무사님 말이야."
"왜?"
"키 좀 작은 것 같지 않아? 처음 봤을 때는 몰랐는데 지난번에 보니까 좀 작은 것 같기도 하고."
"아니거든! 큰 키는 아니지만 작은 건 절대 아니거든! 너보다는 훨씬 크고, 나보다도 크셔. 무엇보다 비율이 좋잖아."
"기집애, 발끈하기는. 이따가 만나면 지금처럼 속마음 다

드러내지 말고, 옆에서 살짝살짝 애간장을 녹이란 말이야. 따라 해봐. 오빠아."

"오, 오빠?"

"왜? 그럼 계속 노무사님, 노무사님 그럴 거야?"

"아니……. 그, 그건 아니지만……."

소영은 며칠 전부터 정연을 만날 생각에 들뜬 기분을 감출 수 없었다. 병원에서 정연을 본 이후로 아직까지 한 번도 그를 보지 못했다. 혹시라도 정연에게서 전화가 오지는 않을까 무척이나 기다리면서도 정작 자신은 전화를 걸지도 못했었다.

잠시 후면 정연을 본다. 소영은 수줍게 미소를 띠었다. 떨리는 마음으로 집을 나섰다. 수련이 정연의 키에 대해 한 말이 떠올랐다. 소영은 굽이 제일 낮은 구두로 갈아 신었다.

수호는 정연의 '신랑 입장' 소리에 맞춰 성큼성큼 걸어 나왔다. 많이 긴장했는지 처음 운전대를 잡은 사람처럼 뻣뻣했다. 목적지에 다다르자 크게 숨을 몰아쉬고는 뒤를 돌아 미주의 입장을 기다렸다. 잠시 뒤, 화려하면서도 단아한 웨

딩드레스를 입은 오늘의 주인공이 눈부신 자태를 뽐내며 모습을 드러냈다.

많이 수줍었는지 자꾸만 고개가 숙여지는 미주를 보며, 정연의 입가에 미소가 가득 지어졌다. 정연과 미주는 어렸을 때부터 한동네에서 함께 자랐다. 친구처럼 때로는 친남매처럼 지내왔기에 서로의 변해가는 얼굴을 전혀 인식하지 못했다. 그러나 오늘은 달랐다. 우리 미주가 이렇게 예뻤었나? 오빠로서 뿌듯함이 느껴질 정도로 미주는 눈이 부셨다. 정연은 결혼식 관계자의 신호에 맞춰 다음 멘트를 준비했다.

“오늘의 주인공인 신부가 입장할 때 뜨거운 박수로 축복해주시기 바랍니다.”

그 순간, 미주의 뒤쪽, 출입구 앞에 서 있는 여성과 눈이 마주쳤다. 그녀는 정연이 자신을 보고 있다는 사실을 알았는지 가볍게 목례를 했다. 정연도 아주 작게 목례를 했다. 그렇게 정연의 모든 관심은 소영에게 집중되었고, 잠시 망각했던 결혼식 사회자의 본분은 결혼식 관계자가 외치듯 “입장, 입장 멘트 하세요!”라고 속삭이자 그제야 되찾을 수 있었다.

"신랑, 아! 시, 신부 입장."

결혼식장은 순식간에 웃음바다가 됐다. 미주의 카리스마 넘치는 성격 때문이었을까 사람들의 웃음과 환호가 이어졌고, 수호도 긴장이 풀렸는지 소리 없이 웃었다. 정연은 등줄기 사이로 식은땀이 흐르는 게 느껴졌다. 여태껏 느껴보지 못했던 공포가 엄습해왔다. 망했어, 미주 결혼식이 내 제삿날이 될 수도……. 정연은 침을 꿀꺽 삼켰다.

중간에 미주가 정연을 보며 주먹을 움켜쥐긴 했지만 다행히 결혼식은 더 실수 없이 끝나기는 했다. 신랑 신부 지인들 사진 촬영이 있자 사진기사는 "사회보신 분은 신랑 신부 바로 뒤에 서주세요."라며 정연의 자리를 정해줬다.

사진을 찍으러 몰려든 사람 중 한 명이 "이 결혼식은 신랑만 둘이네."라고 말하자 또 다시 웃음바다가 됐다. 미주는 고개를 획 돌려 정연을 노려봤다. 엄청난 공포가 다시 엄습해왔다. 침이 반사적으로 삼켜졌다. 미주는 "이런 오빠가 뭐가 이쁘다고."라고 중얼거리고는 객석을 두리번거렸다. 그리고는 누군가를 향해 외쳤다.

"소영 씨, 수련 씨. 어서 와요. 사진 찍어야죠."

자신들의 사건 담당 검사와 이야기를 나누던 소영과 수련은 잠시 망설이더니 앞으로 나왔다. 미주는 소영을 정연 옆으로 안내했다. 정연의 왼쪽에는 소영과 수련이, 오른쪽에는 정우와 승락이 함께 사진을 찍었다. 이날 부케는 소영과 수련의 사건 담당검사가 받았다. 부케를 참 못 받기는 했지만 예비 신부의 얼굴에서도 웃음꽃이 활짝 피어있었다. 정연은 그런 모습을 보며 혼잣말을 했다.

"결혼, 이라는 게 정말 좋긴 좋은가보다……."

사진 촬영이 끝나자 승락이 정연의 어깨를 툭 치며 말했다. 정우도 거들었다.

"너 미주 눈빛 봤지? 에베레스트가 따로 없던데."
"무슨 그런 실수를 다해? 아무튼 이렇게 재밌는 결혼식은 처음이다."

"재미? 내 심정 돼봐. 나 떨고 있는 거 보이지?"

"미주가 특공무술 3단이긴 해도 드레스 입은 상태로 먼지 나게 패지는 않을 거니까 너무 걱정하지 마."

순간적으로 어렸을 때 미주의 발차기에 쌍코피를 흘렸던 기억이 선명하게 떠올랐다. 도망쳐야 하는 이유는 확실했다.

"혹시라도 미주가 나 찾으면 몸이 너무 아파서 병원에 갔다고 좀 해줘. 다음에 보자."

양팔을 한쪽씩 붙잡은 정우와 승락은 도망치는 정연을 식당 층으로 끌고 갔다. 정연은 체념이라도 한 듯 제 발로 걸어가겠다고 말했다.

간단히 음식을 접시에 담은 정연은 고개를 좌우로 움직이며 앉을 자리를 찾아봤다. 얼핏 세 부류의 사람들이 보였다. 신랑 신부 부모님 지인들로 보이는 중년의 어르신들과 깔끔한 옷차림의 집단, 부케를 받은 검사가 앉아 있는 걸로 봐서 미주의 지인들임을 알 수 있었다.

반대편에는 캐주얼한 복장을 한 사람들이 보였다. 미주와 수호의 직업을 고려했을 때, 그들이 작가들이라는 건 쉽게 짐작할 수 있었다. 정연이 찾는 건 빈자리만이 아니었다. 어디 계시지? 작가들 옆 테이블에 앉아 있는 소영이 보였다. 조심스럽게 그쪽으로 다가갔다.

수련은 소영을 바라봤다. 초조했는지 아랫입술을 꾹 깨물고 있는 모습에 장난을 걸고 싶은 마음마저 생길 정도였다. 정연도 다르지 않아 보였다. 소영의 옆자리에 앉고 싶지만 그래도 될까를 고민하는 사람처럼 그는 수련과 소영의 뒤에서 잠시 서 있었다. 낌새를 눈치챈 수련이 소영의 옆자리 의자를 빼주며 말했다.

"노무사님, 잘 지내셨어요?"

"네, 뭐……. 수련 씨도 잘 지내셨어요?"

"그럼요. 오늘 사회 정말 인상 깊었어요."

"아……. 소영 씨는 몸은 좀 괜찮으세요? 걱정 많이 했는데……."

“걱정되셨으면 전화를 하시지 그러셨어요? 소영이도 노무사님 걱정 많이 하던데.”

줄곧 아무 말 없던 소영이 손사래를 치며 드디어 입을 열었다.

“야아, 그런 말을 왜 해! 그러니까, 별거……, 아니니까 수련이가 한 말 신경 쓰지 마세요…….”
“저는 음식 좀 더 가져올게요.”

둘만 남게 되자 서로 약속이라도 한 듯 대화가 멈췄고, 주저하기는 정연도 소영도 마찬가지였다. 그렇게 테이블은 어색함으로 점점 메워졌다. 어떤 말을 꺼내야 하나를 한참이나 고민한 정연은 결국 이미 했던 안부 인사를 다시 택했다.

“어떻게 지…….” / “잘 지내셨…….”
“소영 씨 먼저 말씀하세요.”
“아니에요. 노무사님 먼저 말씀하세요.”
“뭐야 이 분위기? 우리 딴 데로 갈까?”

정우와 정우네 제수씨, 승락과 승락네 제수씨는 묘한 표정으로 정연과 소영을 번갈아 쳐다봤다. 정연은 끌어 앉히다시피 정우의 팔을 당기며 말했다.

“아니야. 어서 앉아.”

“안녕하세요. 정연이 고향 친구 정우라고 합니다. 혹시 정연이 여자친구?”

“아니야, 아니야! 소영 씨, 죄송해요. 정우가 오해했나 봐요. 기분 나쁘셨다면 제가 대신 사과할게요.”

“전 괜찮은데…….”

소영은 강하게 부정하는 정연에게 아쉬운 마음이 들었다. 그러나 다른 사람들의 눈에는 강한 부정은 강한 긍정이라는 것처럼 보이기도 했다. 정연과 소영에게만 어색함이 감도는 가운데, 승락이 아들 라온이를 무릎에 앉히며 말을 꺼냈다.

“우리는 밥 먹고 놀이동산 갈 거야. 라온이가 아직 놀이동산 못 가봤거든. 윗지방 왔을 때 가야지. 정우 네도 같이 갈 거야.”

"그럼 나도 갈래."

"우리 따로따로 다닐 건데? 정우네도 데이트해야지. 혼자 놀 거면 같이 가든가."

"왜 혼자 놀아? 저희랑 같이 놀이동산 가실래요?"

테이블에 감도는 묘한 분위기를 감지한 정우네 제수씨가 소영과 수련에게 물었다. 수련과 소영은 잠시 눈빛을 교환하더니 같이 가겠다고 답했다. 정연은 승락네 차에, 소영과 수련은 정우네 차에 나눠 탔다. 그렇게 용인으로 향했다.

*****

우리는 수많은 사람 중 몇몇 사람들과만 친밀한 인간관계를 맺는다. 따라서 그 사람이 어떤 사람인지 궁금하다면 주변에 있는 사람을 보면 알 수 있다. 오래도록 쌓여온 인간관계야말로 그 사람의 진짜 모습이지 아닐까?

남의 일, 나의 일

자신이 맡은 일에 소극적이면 무책임한 사람이 되고,
자신의 일에서 도망치면 겁쟁이가 된다.

*****

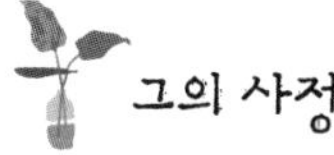

그의 사정

“‘수련이 말은 신경 쓰지 않으셔도 돼요.’가 뭐냐? 어휴, 바보.”

수련이 소영의 말투를 흉내 내자 소영이 아랫입술을 삐쭉 내밀었다.

"그게 아니라……. 노무사님이 막 반겨주고 그럴 줄 알았는데 안 그러잖아."

"그러니까 네가 더 적극적으로 나가야 할 거 아니야?"

"내가? 괜히 그랬다가 이상하게 보이기라도 하면……."

"노무사님이 너 좋아하는 거 모르는 사람이 어딨냐? 그런데 뭘 이상하게 봐? 오히려 더 예뻐 보이겠다."

"알았어! 나 진짜 마음먹었어!"

소영은 두 주먹을 불끈 쥐었다. 운전을 하던 정우가 룸미러로 소영과 수련을 보며 물었다.

"무슨 얘길 그렇게 재밌게 하세요?"

"그냥, 이런저런 얘기 좀 하고 있었어요."

"성함이 소영이라고 그러셨죠? 혹시 정연이랑 사귀는 사이?"

"아니에요. 아직은……."

"하긴, 정연이가 여자친구 있는데 선볼 놈은 아니지."

수련은 놀란 입을 손으로 가렸고, 소영은 표정 관리를 하고 싶었지만 마음처럼 되지 않았다. 정우네 제수씨가 정우의 팔뚝을 손바닥으로 때리며 눈치를 줬다.

"왜 쓸데없는 얘길 하고 그래!"

"아! 왜 때려?"

정우네 제수씨가 "눈치 없이 그럴래?"라고 속삭이자 정우가 "내가 뭘?"이라고 되물었다. 정우네 제수씨는 "썸."이라고 속삭였고, 정우는 "누구?"라고 물었다. "소영.", "누구랑?", "정연 오빠!" 이제야 상황을 이해한 정우는 소영의 눈치를 살폈다. 한시 빨리 상황을 수습해야 했다.

"부모님이 하도 선보라고 하니까 어쩔 수 없이 잠깐 앉아 있다 나왔대요. 친구라서 하는 말이 아니라 정연이 진짜 괜찮은 놈이에요. 아실지 모르겠지만, 정연이가 연애를 안 한 지 좀 됐어요. 무슨 이유가 있는 것 같은데 승락이나 저한테도 말을 안 하네요. 어떨 때 보면 안쓰럽기도 해요. 정연이가 마음을 열 수 있는 그런 여자가 나타나야 할 텐데……."

소영은 정우의 말에 귀를 기울였다. 정우의 말은 용인에 도착할 때까지 이어졌다.

한편, 조수석에 앉은 정연은 창밖을 멍하니 바라봤다. 운전을 하던 승락이 정연을 툭 치며 말했다.

“무슨 생각을 그렇게 해? 소영?”

“무슨, 넘겨짚지 마. 정우가 말이 좀 많아야지. 괜히 쓸데없는 말 하지는 않을까 걱정돼서.”

“거봐. 생각하고 있던 거 맞네. 그럴 거면 차라리 정우 차 같이 타지 그랬어?”

“친구도 있는데 어떻게 그래.”

“같이 타고 싶었던 건 맞네. 잘 해봐. 사람 좋아 보이더만?”

“내가 무슨……. 라온이 깨겠다. 조용히 좀 해.”

승락은 하고 싶은 말이 많았지만 정연이 다시 창밖만 보자 말을 아꼈다.

놀이동산에 먼저 도착한 정우 일행은 입장권을 끊고 승락 일행을 기다렸다. 멀리서 정연이 보이자 소영의 표정이 밝아졌다. 정연이 소영 근처로 오자 수련은 실수인 척 소영을 정연에게 밀었다. 소영이 자신에게 부딪치자 정연은 소영의 안부부터 살폈다.

"소영 씨, 괜찮아요? 안 다치셨어요?"

"전 괜찮아요. 노무사님도 괜찮으세요?"

"네, 저도 괜찮아요."

"우와! 지금 장미축제 하나 봐요. 저랑 같이 보러 가실래요?"

소영이 아랫입술을 깨물며 수줍게 말했다. 정연은 자신도 모르게 고개를 끄덕이고 있었다. 정연과 소영은 이정표를 따라 걸었다.

놀이동산에는 수많은 연인이 있었다. 그들 모두 행복해 보였다. 정연은 자신과 소영도 수많은 연인 중 하나가 된 것 같은 기분이 들었다. 다시는 못 볼 거라 생각했던 소영과 함께 걷고 있다는 것만으로도 기뻤다. 소영은 정연이 그 말을 해주길 기다렸다. 좋아하는 마음은 자신도 같았지만 고백은 정연에게 듣고 싶었다.

소영은 정연의 옷소매를 잡았다. 정연의 시선이 소영을 향했다. 소영이 말했다.

"우리 저기 가서 같이 사진 찍어요."

소영이 하얀 꽃들로 엮어 만든 아치를 손으로 가리켰다. 평소 사진 찍는 걸 좋아하지 않는 정연이었지만, 소영과 함께라면 같이 찍고 싶었다. 치아가 살짝 보일 듯이 밝게 웃는 소영의 미소가 너무나도 예뻤다. 소영을 보고 있는 것만으로도 정연은 즐거웠다.

젊은 부부가 보였다. 걸음을 뗀지 얼마 지나지 않아 보이는 아이와 한 손씩 나눠 잡은 모습이 행복해 보이기도 했다. 아이가 앞으로 걸어 나가자 부부는 서로 팔짱을 끼며 아이의 뒷모습을 바라보았다.

소영과 정연의 앞까지 아장아장 걸어온 아이는 해맑게 웃었다. 아이의 천진난만한 미소는 정연과 소영의 입에도 미소를 머금게 했다. 소영이 마음에 들었는지 아이가 두 팔을 벌리며 소영에게 다가갔다. 소영은 몸을 숙여 아이에게 눈높이를 맞췄다. 순간, 걷다가 다리가 꼬여버린 아이는 앞으로 쓰러졌고, 소영은 두 팔을 벌려 아이를 안았다. 정연도 아이가 다칠까 봐 다급하게 몸을 숙여 아이에게 팔을 뻗었다. 마음이 급해서였을까, 정연과 소영의 이마가 부딪치고 말았다.

"아야……."

"소영 씨, 괜찮아요?"

몸을 벌떡 일으킨 정연은 자신의 이마를 문지르며 소영을 살폈다. 얼마나 세게 부딪쳤는지 소영의 토끼 같은 눈에 눈물이 고여 있었다. 무릎을 굽혀 아이를 안은 소영은 정연을 바라보며 눈물 글썽한 눈으로 빨리 '호' 해달라는 무언의 시선을 보냈다. 정연은 소영의 부어오른 이마가 자신 때문인 것 같아 미안하면서도 코를 훌쩍이는 소영이 귀여워 보였다. 아이를 안고 있는 소영을 대신해서 그녀의 이마를 쓰다듬어줘야 할 것 같았다.

찰나라는 시간은 순식간에 지나가기도 하지만 누군가에게는 영원할 것처럼 느껴지기도 한다. 정연에게 지금이라는 순간이 그랬다. 이 세상에 소영과 자신만 존재하는 것처럼 정연의 눈에는 소영만 보였고, 소영이 눈을 깜빡이는 찰나의 시간조차 정연에게는 영원할 것처럼 느껴졌다. 다시 허리를 숙인 정연은 블랙홀에 빨려들기라도 하듯 소영에게 천천히 다가갔다.

소영도 다르지 않았다. 정연이 자신에게 다가올수록 그의 모습이, 그의 입술이 선명하게 보였다. 방금까지만 해도 아팠던 이마가 더 이상 아프지 않았다. 심장이 빠르게 뛰지 않았다면 시간이 멈췄다는 말을 믿을 수 있을 것 같았다.

소영과 정연을 번갈아 가며 쳐다본 아이는 자신과 놀아주지 않아 심술이 났는지 소영의 왼손을 잡아당겼다. 쪼그려 앉은 소영은 아이의 작은 힘에도 중심을 잃었고, 그녀의 몸은 정연에게 기울고 말았다. 화들짝 놀란 소영과 정연은 약속이라도 한 것처럼 고개를 돌렸지만 정연의 아랫입술과 소영의 윗입술이 닿아버린 뒤였다. 소영의 얼굴은 부어오른 이마보다 더 빨개졌고, 정연 역시 자신의 입술보다 볼이 더 붉어졌다.

“괜찮으세요?”

아이의 부모가 뛰어오면서 말했다. 소영은 황급히 시선을 아이의 부모에게 돌리며 말했다.

“괜찮아요. 아이가 너무 예뻐요. 이름이 뭐예요?”
“수현이에요. 이수현.”
“안녕, 수현아. 수현이랑 같이 사진 한 장 찍어도 될까요?”

아이의 부모는 미소를 띤 채로 고개를 끄덕였다. 소영은 자신의 스마트폰을 아이의 부모에게 건넸다. 소영과 정연은 얼떨결에 처음 입을 맞춘 그 자리에서 아이를 안고 사진을 찍었다. 아이의 엄마가 소영에게 다가왔다.

“사진이 정말 잘 나왔어요. 두 분 너무 잘 어울려요.”

소영은 자신의 스마트폰에서 눈을 뗄 수가 없었다. 만약 자신과 정연이 결혼을 해서 아이를 낳는다면 이런 모습일 것만 같았다. 소영이 스마트폰 화면을 정연에게 보이면서 말했다.

"너무 예뻐요. 노무사님도 잘 나오셨어요."
"소영 씨가 예쁘니까 사진이 잘 나온 것 같아요."

정연은 얼떨결에 속마음을 말해버리고 말았다. 마음속에서만 맴돌던 말이 입 밖으로 나오자 민망함이 몰려왔다. 입술이 바싹 타는 것만 같았고, 소영을 보고 있을 수도 없었다. 정연은 뒷머리를 긁적이며 다른 곳을 보는 척했다.

"노무사님도 멋있어요."

소영의 말에 정연은 자신도 모르게 다시 소영에게 시선을 고정시켰다. 정연과 소영은 서로를 마주 봤다. 소영은 지그시 눈을 감았다. 정연이 키스를 해도 좋고, 사귀자는 고백을 해도 좋을 것 같았다. 키스를 하며 사귀자고 하면 더 좋을 것 같았다. 오늘부터 1일이라고 생각하자 심장이 더 빠르게 뛰었다.

정연은 자신의 심장이 뛰고 있음이 느껴졌다. 오랜만에 느끼는 진짜 설렘이었다. 그래서 아팠다. 자신도 수많은 연인처럼 평범하게, 그저 평범하게 소영과 함께 하고 싶었다. 그러나 그럴 수 없다는 걸 알고 있었다.

소영이 눈에 들어올수록 과거의 기억들이 소영을 밀어냈다. 소영을 알게 된 이후로 잠시 잊고 지냈던 지난날들의 상처가 불현듯 떠올라 심장을 도려내는 듯이 아프게 했다.

'똑같은 저주를 반복하지 마!'

내면에서 들려오는 목소리를 외면할 수 없었다. 소영과 함께 있으면 과거의 다짐들이 깨질 것 같았다. 두려웠다. 자신의 마음을 줄 것 같아 무서웠다. 정연은 더는 소영과 함께 있을 수 없었다.

"소영 씨, 우리 조금 빨리 걸을까요?"

기다리던 말이 아니었다. 소영은 눈을 뜨며 되물었다.

"네?"

"친구들에게 돌아가요."

"벌써요?"

소영은 정연과 하고 싶은 게 많았다. 함께 꽃구경도 하고, 더 많은 사진을 찍고, 다정하게 이야기도 나누고 싶었다. 그러나 딱딱하게 굳어버린 정연의 표정을 보자 말을 꺼낼 수가 없었다. 소영은 그저 정연을 따라 걸었다. 멀리서 승락네와 정우네, 수련이 보였다. 정연이 소영에게 말했다.

"친구들이랑 꼭 해야 할 말이 있어서요."

눈앞에 대기시간 두 시간이라고 적힌 전광판이 보였다. 두 시간이면 집에 갈 시간은 되겠지, 정연은 달려가 정우와 승락을 데리고 눈앞의 통로로 사라졌다.

소영은 멀어져가는 정연의 뒷모습을 보며 아랫입술을 꾹 깨물었다. 자신이 정연을 좋아하는 것처럼 정연도 자신을 좋아한다고 생각했었다. 서로의 마음이 같다고 느꼈었다. 그러나 아닐 수도 있다는 생각이 머리를 스쳐 지나갔다. 수련이 달려와 소영에게 물었다.

"뭐야? 무슨 일이라도 있었어?"

"아니……. 친구들이랑 할 얘기가 있다면서 갑자기 가셨어……."

"할 얘기가 롤러코스터야? 뭐야 진짜?"

소영은 마음이 불편했다. 당장이라도 집에 가고 싶었다. 하지만 그렇게 가버리면 정연과 정말 끝일 것 같았다. 꾹 참으며 놀이동산에서 나갈 때만을 기다렸다.

정연과 정우, 승락은 두 시간 뒤에 돌아왔다. 날은 점점 어두워지고 있었다. 승락은 아들 라온이를 위해 곧 시작할 퍼레이드까지만 보고 나가자고 했다.

퍼레이드가 시작되자 경쾌한 음악이 울려 퍼졌고, 화려한 폭죽이 밤하늘을 수놓았다. 모두가 즐거워했지만 정연과 소영에게는 아니었다. 소영은 정연에게 다가갈 수 없었다. 그저 멀리서 바라보기만 했다. 왜 갑자기 저러시는 걸까……. 정연 역시 다르지 않았다. 난 이제 어쩔 수 없는 걸까…….

퍼레이드가 끝나자 정우와 승락은 피곤하다며 정연의 집에서 자고 가겠다고 말했다. 저녁식사도 할 겸, 정연의 사무실 근처에 있는 해산물 요리점에서 만나기로 했다. 정연은 승락네 차에, 소영과 수련은 정우네 차에 왔던 그대로 탔다.

목적지에 도착할 때쯤 소영이 말했다.

"저희는 그만 가볼게요."

"네? 식사 같이하고 가세요."

"아니에요. 급한 일이 생각나서요."

갑작스러운 말에 수련이 팔꿈치로 소영을 툭 쳤다. 소영은 고개를 좌우로 절레절레 저었다. 정우는 소영과 수련을 지하철역 근처에 내려줬다. 정우의 차가 떠나자 수련이 소영에게 물었다.

"왜?"

"몰라……. 우리끼리 치킨이나 먹자."

소영은 수련의 팔을 잡아끌듯이 근처의 치킨 전문점으로 들어갔다. 주문을 마치자 수련이 물었다.

"대화는 좀 했어? 하긴, 그렇게 놀이기구 타러 가버렸는데 무슨 대화할 시간이 있었겠어."

"짜증나 진짜……. 내가 오늘을 얼마나 기다려왔는데!"

"이렇게 예쁘게 하고 왔는데 왜 그러셨을까? 설마 남자 좋아하고 막 그런 건 아니겠지?"

"야! 불길한 소리 하지 마. 아무튼 오늘 진짜 너무하셨어! 이제 막 먹을 거야! 치킨 한 마리 더 시켜. 아니, 두 마리 더 시켜!"

"그럼 포기하는 거야?"

"그건……. 아니야!"

소영은 씩씩대며 애꿎은 치킨만을 질겅질겅 씹었다. 수련은 의아했다. 분명, 병원에서 소영을 바라보던 정연의 눈빛은 좋아하는 감정 그 이상이었다. 다시 떠올려 봐도 자신이 잘못 봤다고 생각되지는 않았다. 그러나 오늘 보인 행동은 이상했다. 다가가고 싶지만 일부러 억누르는 사람처럼 보였다. 결혼식에서 식사할 때도 그랬고, 놀이동산에서는 더 더욱 그래 보였다. 혹시……. 소영이 고개를 숙인 채 가만히 있었다. 수련이 물었다.

"소영아, 왜 그래?"

"저번에 김 변호사님이 했던 말이랑, 오늘 노무사님 친구가 한 말이 생각나서……."

"실은 나도 그 생각이 들었어."

"누군가가 남긴 상처 때문에 마음을 닫고 몇 년을 살았고, 앞으로도 그렇게 살아야 한다면 너무 안쓰럽잖아……."

"너 정연 노무사님 정말 많이 좋아하는구나?"

"응. 난 노무사님 마음 느낄 수 있어. 그래서 외면할 수가 없어. 내겐 정말 소중한 사람이니까……."

정연을 떠올리자 소영의 눈시울이 붉어졌다. 수련은 소영의 어깨를 다독였다.

해산물 요리점에 먼저 도착한 승락 일행은 정우 일행이 오기를 기다렸다. 얼마 지나지 않아 정우와 정우네 제수씨가 들어왔다. 정연은 여전히 출입문만 바라봤다. 정우가 정연의 어깨를 툭 치며 말했다.

"왜? 아쉬워? 가신다고 하셔서 근처 지하철역에 데려다 드렸어."

"식사하고 가시라고 잡지 그랬어?"

"그렇게 아쉬워할 거면 잘 좀 하지. 어유, 답답한 놈."

정연은 대답 대신 한숨을 내뱉었다. 정우네 제수씨와 정우가 말했다.

"오빠한테 잘 보이려고 신경 많이 쓰던 거 같던데 왜 그러셨어요? 오빠도 소영 씨 좋아하는 것 같은데. 오빠들 롤러코스터 타러 가니까 계속 그쪽만 보더라고요."

"진짜? 정연이가 갑자기 우리 끌고 가서 잘 안 됐나 보다 그렇게 생각했는데. 그래서 네가 누군가 찾는 것처럼 계속 두리번거렸구나?"

내가 그랬었나. 하긴, 그랬긴 그랬지. 숨기고 싶은 걸 들커버린 사람처럼 정연은 한숨을 내뱉고는 소주 한 잔을 입에 털어 넣었다. 이번에는 승락네 제수씨와 승락이 말했다.

"좋아하면 만나보면 되잖아요. 서로 좋아하는데 뭐가 문제예요?"

"좋아하는 거 아니에요. 연애하고 싶은 마음도 없고요."

"아까 그렇게 훔쳐봤으면서 뭐가 좋아하는 게 아니고 연애하고 싶은 게 아니래? 너 소영 씨 좋아하는 거 맞잖아?"

"좋아하는 거……. 솔직히 잘 모르겠어."

"설마 그 트라우마라는 것 때문에 그래?"

정연은 아무 말 없이 소주를 한 잔 더 마셨다. 승락이 다시 물었다.

"답답하게 굴지 말고 뭔지 말 좀 해봐. 혹시 예전에 만나던 걔 때문이야? 헤어진 지 몇 년이나 지났는데 정말 걔 때문이야?"

"그런 거 아니야. 이 얘긴 그만하자. 나중에 확실해지면 꼭 말할게."

"네 친구니까, 걱정돼서 하는 말이잖아."

"승락아, 부탁한다. 그만하자."

상황을 살피던 눈치 빠른 정우네 제수씨는 곧바로 화제를 바꿨다. 자신도 모르는 자신에 대한 질문, 정연은 그렇게 오늘도 자신의 마음으로부터 도망쳤다.

식사를 마치고 정연의 집으로 자리를 옮겼다. 마트에서 술을 바리바리 사서 집에 들어갔다. 빈병이 한 병, 두 병 쌓였고, 한창 무르익은 술자리는 옆집에서 시끄럽다는 항의가 오고 나서야 끝이 났다. 친구들이 모두 잠들자 정연은 부엌에 쭈그려 앉아 술을 조금 더 마셨다. 친구들은 다음 날 점심밥을 먹고 돌아갔다.

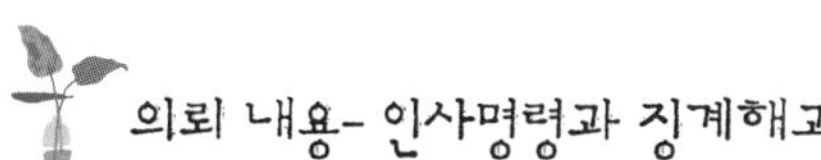

의뢰 내용- 인사명령과 징계해고

다시 평상시와 하나도 다를 게 없는 한 주가 시작됐다. 점심시간이 지날 무렵 책상 위에 올려놓은 핸드폰에서 진동이 울렸다. 발신인을 확인했다. 받기 싫은 전화, 그냥 핸드폰을 다시 뒤집어 놨다. 한 시간이 지나자 같은 번호에서 또다시 전화가 왔다. 이번에도 받지 않았다. 그리고 30분 뒤 또 전화가 왔다. 안 받으면 계속할 것만 같았다. 하는 수 없이 정연은 엄지손가락으로 스마트폰 화면을 오른쪽으로 그었다.

"여보세요?"

"오 노무사. 잘 지냈어?"

"어, 응. 너는?"

"그럭저럭. 반가운 티라도 좀 내. 섭섭할라 그런다."

"반가운 티 내고 있는 거야. 지금 일할 시간 아니야?"

"일? 괜찮아. 많이 바쁜가 봐? 계속 전화했는데 이제야 받네."

"오늘 좀 정신이 없네. 무슨 일 있어?"

"그냥 너 보고 싶어서. 이따가 보자. 내가 갈게."

"오늘 좀 늦게 끝날 것 같은데."

"상관없어. 일 끝나고 전화해."

"알았어."

조운석, 정연의 대학교 동기다. 막 입학했을 때는 가까이 지내긴 했지만 얼마 지나지 않아 거리를 뒀다. 성향이 맞지 않았다. 특히, '친구'임을 앞세워 '친구가 부탁하는 건데', '친구끼리 당연한 거 아니냐.' 같은 남들에게 무언가 해주기를 바라는 태도가 마음에 들지 않았다. 정연은 미주, 승락, 정우와 정말 친하게 지냈지만 한 번도 친구라는 말을 들먹거리며 부탁을 한 적은 없었다. 이와 달리, 조운석은 부탁을 들어줘도 고맙다는 말 대신 '친구끼리 당연한 것'이라는 말로 넘기곤 했었다.

저녁 7시가 넘어서 조운석에게 전화를 걸었다. 부천역 쪽에 있다며 정연에게 그쪽으로 오라고 했다. 자신이 온다고 하지 않았었나? 귀찮은데 그냥 집에 갈까? 고민이 됐다. 그래도 먼 거리는 아니었기에 버스를 타고 이동했다. 정연은 부천역 4번 출구 옆에 있는 삼겹살집에서 그를 만났다.

"진짜 오랜만이다. 노무사 되더니 때깔이 달라졌네."

"그래? 난 잘 모르겠는데. 번호 바뀐 거는 어떻게 알고 전화했어?"

"너 우리 과에서 승균이 형이랑은 친했잖아. 형한테 물어

봤어.”

“그랬구나. 그런데 갑자기 무슨 일이야?”

“그게 말이다. 나 해고됐다.”

“해고? 사유는?”

“발령 났는데 거부했어. 부산으로 가라는데 갑자기 어떻게 가냐?”

“거부했다고 바로 해고된 거야?”

“그건 아니고 짜증 나서 한 3주 정도 안 나갔어. 지난주에 징계위원회 열렸는데 거기도 안 나갔어. 그러니까 집으로 해고통지서 보내더라.”

“발령 이유는 뭐고 거부한 이유는 뭐야?”

“승진 대상자는 지방으로 1년간 출장 가야 한대. 사규에 있다던데 사규 안 봐서 몰라.”

“거부한 이유는?”

“나 여기서 사진동호회 하거든. 그거 포기하고 못가지.”

“그래서 사진동호회랑 회사랑 바꿨다고? 뭔가 말이 이상한 거 알지?”

조운석은 스마트폰에서 젊은 여자의 사진을 보여줬다.

“동호회에서 만났다. 예쁘지?”

“그래서 이 여자 때문에 발령을 거절했다고? 제수씨는 이거 알아?”

“와이프가 어떻게 알아. 너 노무사니까 이거 좀 해줘. 부당해고 그런 거 노무사들 전문이잖아.”

“이거 부당해고 아니야. 오히려 회사에서 무단결근 3주나 봐줬고, 승진대상자라서 지방으로 발령 낸 거라며?”

“그걸 누가 몰라? 그러니까 너한테 부탁하는 거잖아.”

“아무튼 승산은 없어 보인다. 그래도 다투고 싶으면 내일 우리 사무실로 와서 수임계약서 작성해. 그러면 해볼게.”

“잠깐만, 수임계약서? 너 설마 친구한테 돈 받겠다는 건 아니지?”

“공은 공이고, 사는 사지. 그리고 이 수임료로 우리 사무장님들 월급 나가는데 무료로 해줄 수는 없어.”

“그러니까 부당해고 당한 친구한테 굳이 돈을 받겠다, 이 말이지?”

“부당해고는 아닌 것 같다고 말했고, 아무튼 무료로는 못 해.”

“너 노무사 되더니 진짜 많이 변했다.”

"사람은 환경에 따라 변할 수도 있는 거야. 너는 하나도 안 변했지만. 그리고 지금 내가 하는 말이 전혀 이치에 어긋난 것 같지는 않은데?"

조운석은 소주를 한 잔 재빠르게 마시고는 말을 했다. 명백히 원망하는 투였다.

"이럴 거였으면 나한테 오라고 하지 말던가!"

드디어 정연의 인내심에도 한계가 찾아왔다. 내가 왜 이런 사람이랑 대화를 하고 있지? 정연은 조운석의 눈을 노려보며 자리에서 일어났다.

"온다고는 네가 했고, 결국 온 거는 나잖아. 그리고 말은 똑바로 하자. 우리 친구 아니고 대학교 동기야."

말을 마친 정연은 카운터로 걸어가 자신은 마시지 않은 소줏값을 제외한 음식값의 반만 계산했다. 조운석이 날리는 육두문자가 귀에 꽂혔다. 짜증이 머리끝까지 몰려왔다. 조운석 방향으로 몸을 틀었다. 화가 나긴 했지만, 싸워봤자 손해였기에 그를 향해 한숨을 내뱉고는 가게에서 나가버렸다.

스마트폰을 꺼내 조운석의 번호를 수신 차단했다. 아까운 시간을 정말 쓸데없이 낭비했음에 또다시 짜증이 밀려왔다. 하, 이 인간 만나면 결국 나만 스트레스받을 걸 알면서도……. 정연은 자기 자신을 탓하며 집으로 돌아갔다.

다음 날, 10시가 되자 수염을 짙게 기른 40대 초반으로 보이는 남성이 사무실로 들어왔다. 정연은 손을 내밀며 인사를 청했다.

“어서 오세요. 최민현 님 맞으시죠? 오정연 노무사입니다.”

“안녕하세요. 최민현입니다.”

“수염이 무척 매력적이시네요. 시원한 음료 한 잔 드시겠어요?”

“감사합니다. 예전부터 수염을 한번 기르고 싶었는데 해고당하고 나서야 길러보네요.”

분위기 좀 살려보려고 꺼낸 말이 오히려 분위기를 가라앉히게 할 줄이야, 정연은 울지도 웃지도 못하는 애매한 표정으로 음료를 건넸다. 정연과 최민현은 정연의 방으로 들어가 본격적으로 상담을 시작했다.

"해고당하셨다고 하셨는데 사유는 무엇이었나요?"

"인사발령 거부였습니다. 말도 안 되는 발령이었고, 그 속셈이 불 보듯 뻔했으니까요. 아마 저처럼 해고되는 사람이 또 있을 겁니다."

"징계에는 사유와 수단의 양정이 맞아야 하는 게 원칙입니다. 인사발령을 거부했다는 이유만으로 해고되셨다는 게 약간 이해가 되지 않습니다. 혹시 인사발령에 거부하며 무단결근을 하셨습니까?"

"아닙니다. 발령지가 광주라 광주로 출퇴근할 수가 없어서 원래 있던 사무실로 출근했습니다. 그랬더니 대기발령을 시키더군요. 그렇게 1주일간 집에서 기다리는데 징계위원회가 열린다고 연락을 받고 회사로 갔습니다. 그리고 다음 날 징계해고 당했습니다."

징계위원회가 열린다는 통보를 당일에 받았다고? 일단 하나! 정연은 간단히 메모를 한 후 다시 말을 이었다.

"아무래도 걸리는 부분이 여러 개 있어 보이네요. 우선 사측에서 인사발령을 한 이유에 대해서 말씀해주세요."

"이게 다 박 이사 그 쓰레기 같은 놈 때문입니다."

"박 이사요?"

"13년 전, 제가 막 입사했을 때는 박 이사는 과장이었습니다. 신입이던 저를 잘 챙겨줬고 저도 마음속으로 많이 의지했습니다. 박 이사는 저뿐만 아니라 신입직원 모두를 살뜰히 챙겼습니다. 지금 생각해보면 전부 계산된 행동 같습니다."

"계산이요?"

"입사하고 1년 정도 지났을 무렵 박 이사가 막 차장으로 승진했을 때였습니다. 계단에서 다투는 소리가 들렸습니다. 제 직속 상사였던 최 차장, 당시의 최 대리님이 박 이사에게 따지고 있었습니다. 들어보니 최 대리님의 실적을 박 이사가 전부 빼어갔다는 내용이었습니다. 그래서 박 이사는 승진할 수 있었고, 반대로 제 직속 상사는 징계를 받았습니다."

"무슨, 그런! 그러면 신입사원들에게 살뜰히 대한 게 전부 이런 이유란 말씀이세요?"

최민현은 속이 타는지 음료를 벌컥벌컥 마시고는 말을 이었다.

"당연히 저도 피해갈 수 없었습니다. 아니, 저희 팀에서 피해를 보지 않은 사람은 없을 정도니까요. 부장으로 승진할 때도, 이사로 승진할 때도 전부 똑같았습니다. 이유는 간단했습니다. 자기가 윗자리를 닦아놓아야 저희가 올라오기 편하다고요."

"그런 말도 안 되는 이유를! 정말 뻔뻔한 사람이네요."

"실적만 뺏어간 걸로 끝났으면 다행이게요? 이사가 된 다음부터는 직원들을 노예처럼 부려먹더군요. 제게는 운전기사를 시켰습니다. 그러던 어느 날……. 아, 젠장. 죄송합니다."

최민현은 자리에서 일어나 뒤돌아섰다. 그는 수차례 심호흡을 하며 머리를 뒤로 쓸어 넘기고는 다시 자리에 앉았다. 안 좋은 기억이라도 떠오른 듯 상당히 격앙되어 있었고, 심하지는 않았지만 주먹이 부르르 떨렸다.

"조금 쉬셨다가 다시 말씀하시는 게 좋을 것 같습니다. 시원한 음료 좀 더 가져올게요."

정연은 얼음을 가득 채운 물과 캔 음료 두 개를 챙겨서 방으로 돌아갔다. 의뢰인은 다행히 어느 정도 안정이 되어 보였다. 최민현이 다시 말을 시작했다.

"죄송합니다. 제가 그때의 일만 생각하면 피가 거꾸로 솟습니다. 죄송합니다."
"전 괜찮습니다. 그럼 말씀을 계속해 주시겠어요?"
"어느 날 장을 보러 가자더군요. 이것저것 많이 담더니 차에 지갑을 놓고 왔다며 대신 계산하라고 했습니다. 이 정도야 거지 같은 상사 만나면 겪을 수 있는 일이니까 그러려니 했습니다. 이 정도야 참을 수 있었습니다. 정말 이 정도에서 멈춰야 했습니다. 그 많은 걸 저 혼자 들고 박 이사의 집에 들어가자……. 제 아내가 밥을 차리고 있었습니다. 빌어먹을 사모님은 과일을 처먹으며 드라마를 보고 있었고요."

드라마에서나 나오는 일이 아니라 실제로 일어나는 일이라고? 정연은 자신의 귀를 의심했다. 그러나 의뢰인의 표정을 보자 명확한 사실임을 깨달았다.

"제 표정을 살핀 아내는 제발 참으라고 했습니다. 어차피 조금만 참으면 된다고요."

"조금이라뇨?"

"박 이사의 통계적인 실적은 어마어마했습니다. 가히 독보적이었죠. 저희 회사 광주지사가 실적이 저조해서 거기를 살려보겠다고 우리 회사 최고의 핵심 인재인 박 이사가 본부장으로 발령이 났습니다. 그 소식에 막힌 속이 뚫리는 것 같았습니다. 이제야 마음 편히 회사를 다닐 수 있을 거라 그렇게 믿었습니다. 그런데……."

"혹시 거부하셨다는 인사발령이 박 이사의 발령과 관계가 있습니까?"

"회사는 박 이사가 전설적인 존재라고 철석같이 믿었겠지만 실제로는 빈 깡통이나 다름없습니다. 그래서 자신의 실적을 대신 채워줄 그리고 자신의 수족이 되어줄 사람이 필요했겠죠. 불행히도 그게 저였습니다."

"그러면 혹시 회사 차원에서의 대상 조치라도 있었나요? 광주 발령이면 여기서 끝과 끝인데 숙소는 물론이고, 승진 대상자 같은 거요."

"하, 숙소요? 집은 주말에 가고 고시원 하나 얻어서 살라더군요. 거기서 1년만 버티면 자기가 책임지고 차장으로 승진시켜주겠다며 호언장담을 했습니다. 이 말을 믿기에는 지금까지 속은 게 너무 많았습니다."

"그래서 조금 전에 해고되는 사람이 더 있을 거라는 말씀을 하신 거였군요."

"맞습니다. 제가 잘려나갔으니 박 이사는 다른 사람을 발령 보낼 테고, 분명 거부하면 징계해고 시키겠죠. 딱 이 느낌이었습니다. 지렁이는 꿈틀거려봐야 지렁이일 뿐이라고요."

"혹시 이런 사실을 회사 그러니까 대표님이나 다른 이사님들께 알리는 방법이 없었나요? 예를 들면 문호개방정책이나 옴부즈맨 제도 같이요."

"문호개방정책이면 차상위 상사에게 고충 처리를 부탁하는 그런 거 말씀이시죠? 당연히 있습니다. 불행이라면 그 담당자가 박 이사라는 점이죠."

정연은 지금까지 들은 내용을 떠올리며 메모를 하나하나 추가했다. 가장 먼저, 부당한 인사발령. 둘, 부당한 징계해고. 셋, 절차를 위반한 징계위원회.

"일단 대놓고 문제가 되는 게 세 가지가 있습니다. 차근차근 말씀드릴게요. 근로기준법 제23조 제1항에서는 해고, 전직 같은 인사명령을 하기 위해서는 정당한 사유가 있어야 한다고 규정하고 있습니다. 이 정당한 사유에 대해서는 법 자체에서 정하고 있지 않기에 대법원에서 정당성을 판단할 수 있는 몇 가지의 지표를 제시하고 있습니다."

컴퓨터로 대법원판례를 프린트하며 말을 이었다.

"인사발령은 업무상 필요성과 그로 인해 근로자가 입게 될 생활상 불이익을 비교해서 따져봐야 합니다. 그리고 협의하는 절차도 있어야 하고요. 협의는 합의보다는 상대적으로 얕은 개념으로 근로자의 의견을 들어보자 정도로 이해하시면 됩니다. 이게 대법원판례 내용이에요."

정연에게 출력된 종이를 받은 최민현은 천천히 판례를 훑어보기 시작했다.

[전직명령의 정당성 판단기준]

대법원판례 2000.4.11. 99두2963

근로자에 대한 전보나 전직은 원칙적으로 인사권자인 사용자의 권한에 속하므로 업무상 필요한 범위 내에서 사용자는 상당한 재량을 가지며 그것이 근로기준법 등에 위반되거나 권리남용에 해당되는 등의 특별한 사정이 없는 한 무효라고 할 수 없고, 전보처분 등이 권리남용에 해당하는지의 여부는 전보처분 등의 업무상의 필요성과 전보 등에 따른 근로자의 생활상의 불이익을 비교, 교량하고 근로자 측과의 협의 등 그 전보처분 등의 과정에서 신의칙상 요구되는 절차를 거쳤는지 여부를 종합적으로 고려하여 결정하여야 한다.

판례 전문보기

[전직명령의 정당성 중 업무상 필요성의 의미]

대법원판례 2013.02.28. 2010두20447

사용자가 전직처분 등을 함에 있어서 요구되는 업무상의 필요란 인원 배치를 변경할 필요성이 있고 그 변경에 어떠한 근로자를 포함시키는 것이 적절한 것인가 하는 인원선택의 합리성을 의미하는데, 여기에는 업무능률의 증진, 직장질서의 유지나 회복, 근로자 간의 인화 등의 사정도 포함된다.

판례 전문보기

"보시는 바와 같이 전직을 하기 위해서는 업무상 필요성이 있어야 합니다. 근로자가 마음에 들지 않는다, 이런 이유로 발령을 보내는 것은 권리남용에 해당해서 무효입니다. 대신, 업무 증진을 위한 인원 배치 변경이 필요하거나 직장 분위기 또는 직원들 상호 간의 인화를 조율할 목적이라면 정당성이 인정되고요. 과장님의 인사발령은 박 이사 입장에서만 필요한 거지, 회사 입장에서는 필요성이 있다고 보이지 않기에 정당한 이유가 없는 경우에 해당한다고 보이네요."

"그러니까 아무리 회사라도 마음대로 발령을 내면 안 된다는 말씀이신 거죠?"

"일단, 회사의 재량을 인정합니다. 업무상 필요한 범위 내에서요. 그런 게 아니라면 법으로 근로자를 보호하겠다고 이해하시면 될 것 같아요. 다음으로 근로자가 입게 될 생활상 불이익에 대해 살펴볼게요."

[전직명령의 정당성 중 생활상 불이익의 의미]

대법원판례 1995.10.13. 94다52928

전보나 전직은 원칙적으로 인사권자인 사용자의 권한에 속하므로 업무상 필요한 범위 내에서는 사용자는 상당한 재량을 가지며, 그것이 근로기준법에 위반되거나 권리남용에 해당되는 등의 특별한 사정이 없는 한 유효하고, 전보처분 등이 권리남용에 해당하는지 여부는 전보처분 등의 업무상의 필요성과 전보 등에 따른 근로자의 생활상의 불이익을 비교·교량하여 결정되어야 하고, 업무상의 필요에 의한 전보 등에 따른 생활상의 불이익이 근로자가 통상 감수하여야 할 정도를 현저하게 벗어난 것이 아니라면, 이는 정당한 인사권의 범위 내에 속하는 것으로서 권리남용에 해당하지 않는다.

판례 전문보기

"인사발령은 근무 장소와 근무내용이 변경된다는 점에서 어느 정도 근로자에게 불이익한 측면이 수반됩니다. 그렇더라도 근로자가 감수해야 할 정도를 현저히 벗어나면 안

됩니다. 일반적으로 추가적인 경제적 보상이나 승진 예정 등이 주어진다면 불이익의 정도가 상쇄된다고 평가합니다. 과장님의 경우는 믿을 수 없는 승진 약속만 있을 뿐, 고시원에서 살라고 한 걸로 봐서는 경제적 보상도 없는 것으로 보이네요. 더군다나 기러기 아빠를 만들겠다니요."

"제가 우리 아들, 딸 보는 낙으로 사는데 고시원은 참아도 가족과 떨어져서 사는 건 정말 참을 수 없습니다. 그리고……, 제가 회사에서 잘린 지 한 달이 넘어서 과장이라는 소리를 듣기가 살짝 민망합니다."

"해고가 부당하면 무효가 되고, 무효가 되면 과장님은 쭉 과장님이셨던 거예요. 일단 해고가 무효일 가능성이 농후해 보이니 과장님이라고 부를게요. 괜찮으시죠?"

"해고가 무효면 복직이 된다는 말씀이신 거죠?"

"맞습니다. 저희가 판례를 보고 있는 이유도 복직을 위한 거고요. 다음으로 성실한 협의를 볼게요. 협의는 말 그대로 근로자의 의견을 들어보라는 개념이라 아예 협의를 하지 않았다고 해서 전직이 곧바로 부당하게 되는 건 아닙니다. 대신 업무상 필요성과 근로자가 입게 될 생활상 불이익, 협의 절차를 거쳤는지를 종합적으로 검토해서 전직의 정당성을 판단하기에 중요한 요소 중 하나라고 보시면 됩니다."

정연이 쟁점들을 어렵지 않게 설명한 덕분에 최민현은 쉽게 이해할 수 있었다. 허나, 이해가 되지 않는 부분도 있었다. 왜 법이 아니라 대법원판례를 언급하는 걸까? 그가 물었다.

"아까부터 궁금했는데 왜 대법원판례를 보는 거죠?"

"근로기준법에서는 전직 명령이 정당성을 갖춰야 한다고 규정하고 있는데, 이 정당성이 뭔지를 구체적으로 나열하고 있지 않아요. 그래서 법원에서 이 정당성을 판단하는 기준을 제시하고 있어요. 1심과 2심 판결에서는 전직과 같이 이미 정형화된 법리가 있는 경우에는 대법원의 판단 법리를 인용하되, 구체적인 사실관계에 따라 조금씩 달라지기는 합니다. 대법원이 기존 법리를 변경할 경우 전원합의체 판결을 내리는데, 그전까지는 기존의 법리를 유지하는 거라고 보시면 돼요."

"무슨 말씀인지 이해가 됐습니다."

"여기까지가 인사발령의 정당성을 판단하는 기준이에요.

다음으로는 징계해고가 문제인데, 인사발령에 이의를 제기했다는 게 징계해고를 받을 수준은 아니잖아요. 상식적으로 생각해도요."

"아마 박 이사가 징계해고로 밀어붙인 것 같습니다. 다른 직원들에게 본보기로요."

[징계의 상당성의 원칙과 형평성의 원칙]

대법원판례 2017.3.15. 2013두26750

피징계자에게 징계사유가 있어서 징계처분을 하는 경우, 어떠한 처분을 한 것인지는 징계권자의 재량에 맡겨져 있다. 다만 징계권자의 징계처분이 사회통념상 현저하게 타당성을 잃어 징계권자에게 맡겨진 재량권을 남용하였다고 인정되는 경우에 한하여 그 처분이 위법하다고 할 수 있다. 징계처분이 사회통념상 현저하게 타당성을 잃어 재량권의 범위를 벗어난 위법한 처분이라고 할 수 있으려면 구체적인 사례에 따라 징계의 원인인 비위사실의 내용과 성질, 징계로 달성하려는 목적, 징계양정의 기준 등 여러 요소를 종합하여 판단할 때에 징계 내용이 객관적으로 명백히 부당하다고 인정되어야 한다.

판례 전문보기

"징계는 직장 질서 침해에 따른 벌을 의미합니다. 징계해고는 징계 중 가장 수위가 큰 처분으로 사회통념상 고용관계를 계속할 수 없을 정도의 책임 있는 사유가 근로자에게 있어야 할 수 있습니다. 과장님의 경우는 징계 거리인지도 불문명하고, 설령 있다 해도 사유에 비해 수단이 너무 과했습니다. 충분히 권리남용을 주장할 수 있습니다. 그리고 징계위원회도 문제예요."

"징계위원회가 왜죠?"

"혹시 취업규칙에서 징계위원회를 규정하고 있습니까?"

"네. 그렇긴 합니다. 그런데 그게 왜 문제죠?"

"징계위원회를 열었다는 것은 징계대상자에게 소명 기회를 주기 위해서인데, 반박 자료를 준비할 충분한 시간적 여유도 주지 않았고, 얼굴도장만 찍고 나오셨으니 정말 형식적인 거였잖아요. 회사에서 취업규칙으로 징계위원회를 규정하고 있다면 그러한 내부적 절차를 위반한 해고는 절차상으로 부당해서 무효입니다."

[형식적으로만 이루어진 징계위원회의 효력]

대법원판례 1991.7.9. 90다8077

징계규정에 징계대상자에게 징계위원회에 출석하여 변명과 소명자료를 제출할 기회를 부여하도록 되어 있다면 그 통보의 시기와 방법에 관하여 특별히 규정한 바가 없다고 하여도 변명과 소명 자료를 준비할 만한 상당한 기간을 두고 개최일시와 장소를 통보하여야 하며, 이러한 시간적 여유를 주지 않고 촉박하게 이루어진 통보는 징계 규정이 규정한 사전통보의 취지를 몰각한 것으로서 부적법하다고 보아야 할 것인바, 징계위원회의 개최일시 및 장소를 징계위원회가 개회되기 불과 30분 전에 통보하였다면 이러한 촉박한 통보는 징계대상자로 하여금 사실상 변명과 소명 자료를 준비할 수 없게 만드는 것이어서 적법한 통보라고 볼 수 없다.

판례 전문보기

"어렵긴 했지만 어느 정도 이해가 됐습니다. 앞으로는 어떻게 되는 겁니까?"

"싸울 무기를 챙겼으니 노동위원회에 부당해고 구제신청을 하도록 하겠습니다."

"네. 그러면 저도 제가 할 일을 해야겠습니다."

"해야 할 일요?"

"박 이사 그 자식! 분해서 참을 수가 없습니다. 저희의 실적을 밟고 올라간 자리니 끌어 내려야죠."

최민현은 인사를 하고는 사무실에서 나갔다. 박 이사라는 사람, 왠지 드러나지 않은 뭔가가 더 있을 것 같은데……. 왠지 모를 불안감에 정연은 한기를 쐰 사람처럼 한 차례 몸을 바르르 떨었다.

그리고 열흘이 지났다.

"사무장님, 저 나갔다 올게요."

"일정 없던데, 어디 가세요?"

"최민현 씨 1인 시위하고 있다는데 한 번 가보는 게 좋을 것 같아서요. 명색이 제 의뢰인인데 시간 될 때 가서 응원이라도 하고 와야죠."

"알았어요. 다음 일정 차질 없이 들어오세요."

정연은 시계를 보며 사무실에서 나왔다. 의뢰인이 일러준 주소를 내비게이션에 입력했다. 목적지에 다다르자 의뢰인이 시야에 들어왔다. 피켓을 들고 있는 최민현을 얼핏 봐도 5명이 넘는 사람들이 둘러싸고 있었다. 멀리서 정연을 발견한 최민현은 빠르게 걸어오며 인사했다.

"노무사님, 여긴 어쩐 일이세요?"

"응원하러 왔어요. 힘내시라고 음료수 좀 사 왔어요. 그런데 저분들은 누구시죠?"

"회사 동료들이에요. 저 도와주겠다고 오늘 단체로 연차를 쓰고 나왔대요. 인사들 드려. 오정연 노무사님이셔."

한 명 한 명 인사를 하고 나자 여기저기서 불만 섞인 목소리가 나오기 시작했다.

"정말 더는 이 회사 못 다니겠어요. 최 과장님 이렇게 해고된 다음부터는 너무 불안해요."

"혹시 최 과장님 이후로 징계해고 되신 분이 계십니까?"

"아직까지는요. 대신 한 명이 대기발령 중입니다."

"이번에 박 이사를 몰아내든지 아니면 저희가 단체로 회사를 때려치우든지를 해야 할 것 같아요. 더는 못 다니겠어요."

이야기를 나누고 있는데 젊은 여성이 건물에서 나오며 외쳤다.

"대표님이 그만하시고 들어오시래요."

그러나 최민현은 오히려 목소리를 높였다.

"박 이사 그 인간 오기 전에는 한 발자국도 안 움직일 겁니다."

비서로 보이는 여성 뒤에 갈색 정장을 입은 중년의 남성이 서 있었다. 그는 무게감이 느껴지는 중저음의 목소리로 말을 했다.

"자네들 보자 보자 하니 정말 너무하는군."
"대, 대표님!"

그곳의 모든 사람이 중년의 남성에게 90도로 인사를 했다. 대표님? 정연도 반사적으로 고개를 숙였다. 대표가 정연에게 물었다.

"자네는 신입사원인가? 낯이 익은데. 가만, 신입사원 인사

카드에서 못 본 얼굴 같기도 하고?"

"대표님, 이분은 노무사님입니다."

"아, 그렇습니까? 제가 실수했네요. 저희 신입사원인 줄 알고 말을 낮췄습니다."

"괜찮습니다. 오정연 노무사입니다."

정연과 악수를 한 대표는 직원들을 향해 말했다.

"여기서 이럴 게 아니라 안에 들어가서 얘기하지. 자네들 언제까지 회사 망신시킬 생각인가? 노무사님도 같이 들어가시죠."

정연은 의뢰인과 그의 동료들을 따라 건물 안으로 들어갔다. 11층에 있는 대표이사실에 들어가자 조금 전 본 비서가 음료와 간단한 다과를 가져다주고는 나갔다. 대표가 말을 했다.

"자네들 불만이라는 게 도대체 뭔가? 박 이사가 자네들을 해코지라도 했다는 건가?"

"네, 맞습니다."

"내가 알고 있는 거랑은 딴판인데? 최하 실적으로도 해고되지 않은 게 박 이사가 막아준 덕분이라는 걸 모르지는 않을 텐데?"

"대표님께서 알고 계신 거랑은 다릅니다. 실제로 실적은 저희가 냈고, 이름만 박 이사 이름으로 보고된 겁니다."

"자네 그 말 책임질 수 있나?"

"책임질 수 있습니다."

최민현의 옆자리에 앉은 여직원은 목에 걸고 있던 사원증을 풀더니 테이블 위에 올려놓으며 말했다.

"사원증을 걸겠습니다. 저희 말이 거짓이라면 퇴사하겠습니다."

여직원이 행동하자 다른 사람들도 똑같이 사원증을 풀어 테이블 위에 올려놓았다. 잔뜩 굳어있던 대표의 표정이 미묘하게 변했다. 가만히 상황을 지켜보던 정연이 입을 열었다.

"대표님, 인사평가를 어떤 방식으로 하고 있습니까?"

"다면평가와 MBO를 병행하고 있습니다."

"괜찮으시다면 제가 다면평가서를 볼 수 있을까요? 최 과장님의 평가서만이라도요."

"원래는 공개하면 안 되는 거지만 이미 퇴사한 직원이니 크게 문제되지는 않을 것 같군요. 잠시만 기다리시지요."

대표는 비서를 호출했다.

"김 비서, 인사팀에 연락해서 최 과장 평가서 가지고 오라고 하게."

비서가 나가고 얼마 지나지 않아 40대 중반으로 보이는 남성이 파일철 여러 개를 들고 대표이사실로 들어왔다. 그에게서 서류를 받은 대표는 정연에게 그 서류를 건네줬다.

동료평가 최하, 부하평가 최하, 상사평가 중하. 의뢰인은 분명 정연에게 동료들과 사이가 좋다고 말했는데 평가서대로라면 정반대였다. 일반적으로 다면평가를 하면 동료들 간에는 보통정도의 점수를 주는데 최하 몰표를 받다니, 이유는 둘 중 하나다. 정말 회사생활을 못 했든지, 아니면! 정연이 대표에게 말했다.

"대표님, 죄송하지만 다른 분들의 평가서도 볼 수 있을까요? 저만 보겠습니다."

"무슨 문제라도 있습니까?"

"아직 확실한 건 아닙니다. 다만, 다른 분들의 평가서를 보면 알 수도 있을 것 같습니다."

"김 부장, 다른 직원들의 평가서도 가지고 왔나?"

"말씀하실 것 같아서 챙겨왔습니다."

"그러면 여기 계신 노무사님께 드리게."

정연은 평가서를 한 장 한 장 꼼꼼하게 살펴봤다. 뭔가 이상했다. 인사팀 김 부장에게 물었다.

"혹시 다면평가 결과를 임의적으로 수정할 수 있습니까?"

"원칙적으로는 안 됩니다."

"원칙적으로 안 된다면 예외적으로는 된다는 말씀이신가요?"

"그렇긴 합니다. 무슨 문제라도 있습니까?"
"혹시 박 이사님께도 수정 권한이 있습니까?"
"네, 권한이 있긴 합니다."

정연이 의뢰인인 최민현에게 물었다.

"최 과장님. 해고 사유에 뭐라고 기재되어 있었나요?"
"인사명령 거부와 실적 미진, 조직 분위기 훼손과 팀 내 위화감 조성이었던 걸로 기억합니다."
"조직 분위기 훼손과 팀 내 위화감 조성에 대해서는 어떻게 생각하시나요? 정말 본인이 그렇게 하셨습니까? 솔직하게 말씀해주세요."
"그냥 끼워 맞췄다고 생각했습니다. 저희 팀 분위기는 회사에서도 알아줄 정도로 좋으니까요."

의뢰인의 동료들은 의뢰인을 돕기 위해 단체로 연차까지 썼다. 그리고 서로가 서로를 대하는 모습을 볼 때 팀 분위기가 좋다는 말은 신빙성이 있어 보였다. 팀원들 모두 박 이사에 의해 피해를 당했고, 지금은 퇴사까지 각오하며 진실을 밝히려고 한다. 정연의 머릿속에서 모든 점들이 하나로 연결되었다. 정연이 대표에게 말했다.

“대표님, 이 다면평가서에는 오류가 있는 것 같습니다. 팀원들 모두가 서로를 최하라고 평가했을 가능성은 낮다고 생각합니다. 누군가 의도적으로 수정하지 않았다면요.”

정연에게 평가서를 건네받은 대표는 인사팀 김 부장에게 물었다.

“수정을 했다면 그 기록도 전산에 남는가?”
“네, 모든 전산 기록은 보존됩니다. 지금 바로 확인해보겠습니다.”

김 부장이 나가자 다시 정연이 대표에게 말했다.

“아무래도 의도적으로 다면평가 기록을 변경한 것 같습니다. 해고 시 사유를 추가하기 위해서요. 해고 사유는 많으면 많을수록 근로자가 다투기 불리할 테니까요.”

“목줄을 부여잡고 있었다, 이런 말입니까?”

“김 부장님이 전산 기록을 확인하시면 정확히 알 수 있겠지만, 그럴 가능성이 다분해 보입니다.”

잠시 정적이 흘렀다. 그렇게 한참을 있자 인사팀 김 부장이 대표이사실로 돌아왔다. 그는 대표에게 귓속말을 했다. 말을 다 끝냈는지 김 부장은 뒤로 두 걸음 물러났다. 표정이 딱딱하게 굳어버린 대표는 테이블을 내려치며 외쳤다.

“박 이사, 이 사람이 정말! 자네들은 박 이사가 자네들의 실적을 가로챘다는 증거를 가지고 오게. 지금 당장!”

직원들은 풀어놨던 사원증을 집어 들고는 서둘러서 대표이사실에서 나갔다. 뒤따라 나가려는 정연을 대표가 불러 세웠다.

“오정연 노무사라고 하셨죠? 오늘 부끄러운 모습을 보였습니다. 조간만 또 뵙죠.”

조만간이라고? 정연은 대표의 말을 이해할 수 없었지만 굳이 되묻지도 않았다. 대표이사실에서 나오자 최민현이 말했다.

"대표님과 대면을 하는 날이 다 있네요. 오늘 도와주셔서 감사합니다."

"아니에요. 굳이 제가 오지 않았더라도 잘 해결됐을 거예요. 지금부터가 진짜 싸움이네요. 동료분들이 최대한 많은 자료를 제출해야 박 이사를 완전히 몰아낼 수 있을 테니까요."

"저도 얼른 집에 가서 자료를 모아야겠습니다."

"박 이사의 비리가 밝혀지면 사측에서도 최 과장님 해고를 철회할 거예요. 그러길 바라야죠. 힘내세요."

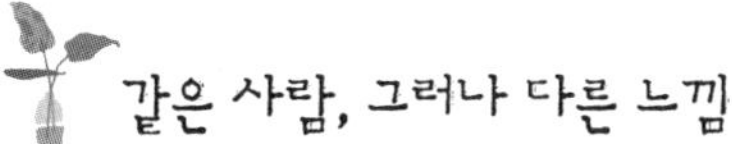

같은 사람, 그러나 다른 느낌

같은 시각, 소영은 정연의 사무실로 향했다. 소영이 사무실 문을 열었다. 민주 사무장은 소영을 알아보지 못했다.

"어떻게 오셨어요?"

"안녕하세요. 저 정소영이에요."

"네? 예전에 퇴직금 상담받으셨던 그 정소영 씨요?"

"네."

민주 사무장은 소영의 앞뒤를 둘러봤다. 분위기는 완전히 달랐지만 얼굴을 찬찬히 보자 기억이 났다.

"어머! 완전 다른 사람이네. 진작 이렇게 입지 그랬어요?"

"사정이 조금 있었어요. 혹시 정연 노무사님 계세요?"

"잠깐 나가셨어요. 언제 들어 오실지는 모르겠어요."

"아……. 노무사님 요즘 많이 바쁘세요?"

"평상시보다는 일이 많긴 해요. 이따가도 계속 상담 있거든요."

"그럼 나중에 다시 올게요."

소영이 인사를 하고 나가자 민주 사무장은 고개를 갸웃거렸다.

정연은 의뢰인과 인사를 하고 사무실로 돌아갔다. 돌아오는 길에 정연의 시선을 끈 사람이 있었다. 버스정류장에 앉아 있는 한 사람, 소영을 닮은 여성. 닮은 사람이겠지, 소영 씨가 우리 사무실 근처에 있을 리가 없잖아. 정연은 자신이 잘못 봤음을 확신이라도 하듯 고개를 가로저었다.

사무실에 들어가자 뭔가 안타깝다는 표정으로 민주 사무장이 허공에 팔을 저으며 말을 했다.

"5분만 일찍 오지 그랬어요. 소영 씨 조금 전에 갔는데."

"소영 씨가 왔었어요?"

"노무사님께 인사드리러 왔다던데요? 만나기로 한 거 아니었어요?"

"저 잠시 나갔다 올게요."

"네. 얼른 나가보세요. 아닌 척하더니 아닌 게 아니었나 봐요."

잘못 본 게 아니었다. 소영이 맞았다. 연락도 없이 웬일이었을까, 혹시라도 갔을까 헐레벌떡 뛰어왔지만 버스정류장에는 소영이 보이지 않았다. 그래, 전화! 정연은 서둘러서 소영에게 전화를 걸었다. 신호가 한 번 가고, 또 한 번 가고 또 가도 전화를 받지 않았다. 이미 가버린 건가, 정연은 잘못 봤다고 단정해버린 자신이 한스러웠다. 가쁜 숨을 한숨과 함께 내뱉었다.

소영에게는 정연을 찾아온 이유가 있었다. 꼭 하고 싶은 말도 있었고, 알고 싶은 것도 있었다. 기다리면 될까? 기다려도 된다는 확신이 선다면 얼마나 기다리면 될지도 궁금했다. 정연의 모습에서 그 대답을 찾고 싶었다.

버스정류장에 앉아 있던 소영은 다시 정연의 사무실 쪽으로 걸어갔다. 걸음을 멈췄다. 놀이동산에서 봤던 정연의 모습이 떠올랐다. 내가 찾아가는 게 노무사님을 힘들게 하는 건 아닐까……. 그러다가도 지금까지 정연이 보여줬던 말과 행동이 생각났다. 다시 걸음을 옮겼다. 지금쯤이면 오셨을까…….

정연의 사무실 근처에 다다랐다. 사무실에서 뛰쳐나오는 정연이 보였다. 소영을 보지 못한 정연은 있는 힘을 다해 버스정류장으로 달렸다. 소영의 시선은 정연의 뒷모습을 따라 움직였다. 어디를 저렇게 급하게 가시지? 정연의 표정은 너무나도 다급해 보였다. 소영은 정연이 움직인 방향으로 걸어갔다. 버스정류장에 도착한 정연은 고개를 좌우로 저으며 누군가를 찾는 것 같아 보였다. 소영의 핸드폰이 부르르 떨렸다. 소영은 정연이 애타게 찾는 누군가가 자신이라는 걸 알 수 있었다.

정연의 그림자와 닿을 정도로 다가갔다. 정연의 입에서 나오는 한숨 소리가 들렸다. 소영은 정연의 어깨를 톡톡 두드렸다. 정연이 뒤를 돌았다. 시무룩하던 정연의 표정이 순식간에 밝아졌다. 정연의 환하게 미소를 짓는 모습에 소영은 자신이 궁금해한 대답을 듣는 것만 같았다.

"소영 씨, 가신 줄 알고……."

"안녕하세요."

"아, 안녕하세요. 저 보러 오셨다면서요? 조금만 더 기다려주시지……."

"이렇게 금방 오실 줄 알았으면 조금만 더 기다릴 걸 그랬어요. 그랬으면 뛰어오지 않으셔도 됐을 텐데."

"여기서 이럴 게 아니라 카페라도 가실래요?"

"네."

버스정류장 바로 앞에 있는 카페에 들어갔다. 정연은 따뜻한 아메리카노를, 소영은 따뜻한 카페라떼를 주문하고 카운터에서 조금 떨어진 자리에 앉았다.

정연은 후회했었다. 놀이동산에서 자신의 행동이 떠오를 때마다 소영을 보는 게 그날이 마지막일 것이라고 생각했었다. 소영에게 연락이라도 해보고 싶었지만 그런 용기를 내기가 쉽지는 않았다. 그런데 소영이 먼저 자신을 찾아와줬다. 기쁘면서도 미안했다. 정연은 오늘만큼은 도망치고 싶지 않았다. 정연이 먼저 입을 열었다.

"날씨가 점점 추워지네요. 벌써 따뜻한 음료를 찾는 계절이 왔나 봐요."

"그러네요. 노무사님은 여름보다는 겨울을 더 좋아하시나 봐요?"

"네. 여름보다는 겨울이 조금 더 마음에 들어요. 노무사 시험이 여름에서 가을로 넘어가는 시기에 있어서 날씨가 더워지면 이제 곧 시험이구나, 이런 긴장감이 들었거든요. 그런 생활을 3년이나 반복했더니 겨울이 더 좋아진 것 같아요."

"시험을 3년 준비하신 거예요?"

"보통 3, 4년 차에 많이들 합격한다고 하는데 저도 딱 그렇게 합격한 셈이죠."

"3년……."

"하실 말씀 있으시다고……. 전화라도 해주시지 그러셨어요. 그랬으면 엇갈……."

진동벨이 울렸다. 정연은 하던 말을 멈추고 음료를 받아왔다. 카페라떼를 소영 앞에 놓았다. 소영은 작게 고개 인사를 하고는 컵을 잠시 두 손으로 감싸고 있었다. 이윽고 한 모금을 마시고는 입을 열었다.

"저, 하고 싶은 일이 생겼어요. 노무사님께는 꼭 말씀드리고 싶었어요."

"하고 싶은 일요?"

"이번에 안 좋은 일 겪게 되면서 예전처럼 일반 회사에서 일하기는 힘들 것 같다는 걸 깨달았어요. 그런 점도 있고,

노무사님 보면서 노무사라는 직업에 관심이 생겼어요. 상당히 어려운 시험이라고 들었어요. 그래도 도전해보려고요."

"노무사 시험을요?"

"네. 퇴원하고 바로 공부 시작했어요. 인터넷 강의만으로는 부족한 것 같아서 학원에 가서 공부하려고요. 그쪽으로 집도 옮기고요."

"신림동 고시촌에 가신다고요?"

"네. 가서 정말 열심히 해보려고요."

"언제, 언제 가시는데요?"

"내일요. 가기 전에 꼭 인사드리고 싶었어요. 전화로 말씀드리면 이렇게 찾아올 이유가 없어지잖아요. 그래서 전화를 못했어요……."

소영은 아랫입술을 지그시 깨물었다. 노무사 시험을 준비한다는, 신림동 고시촌으로 이사할 거라는 말을 하고자 했던 건 맞다. 그러나 이 말 자체가 다는 아니었다. 정연에게 어떠한 말이라도 듣고 싶었다. 자신이 옆에서 도와주겠다는 말이라면 가장 좋을 것 같았다. 하다못해, 공부하다가 어려우면 언제든지 전화하라는 말이라도 듣고 싶었다.

이미 3년이나 신림동 고시촌 생활을 해봤기에 얼마나 힘든지, 얼마나 서러운지 정연은 누구보다 잘 알고 있었다. 무엇보다, 소영이 고시를 시작하면 더는 그녀를 못 보게 될지도 모른다. 하고 싶은 말은 많았지만 정작 입 밖으로 그 어떤 말도 나오지 않았다. 옆에서 도와주고 싶다는 말을 하려다가도 소영과 시선이 마주치면 회피하기를 반복했다. 한동안 이어지던 침묵을 깨고, 소영이 입을 열었다.

"제가 시간을 너무 많이 뺏었죠? 사무장님이 오늘 노무사님 일정 많다고 그러셨는데, 저희 일어날까요?"

소영은 놀이동산에서처럼 먼저 다가가고 싶었다. 그러나 정연이 또다시 물러설 것만 같아 겁이 나기도 했다. 소영은 정연의 입이 열리길 기다렸다. 저, 갈 건데……. 정말 아무 말도 안 하실 거예요……?

그러나 정연은 아무 말도 하지 못한 채 소영을 따라 일어났다. 소영은 빠르지도, 느리지도 않게 걸었다. 카페를 나와서 열 걸음 정도를 걸은 소영은 발걸음을 멈추고 제자리에 섰다. 그리고는 천천히 뒤를 돌아 정연을 바라보며 말했다.

“예전에 저랑 연락하고 싶다고 하셨던 말씀 있잖아요. 저는 좋아요……. 대답을 너무 늦게 드려서 죄송해요.”

말을 마친 소영은 다시 뒤를 돌아 버스정류장 쪽으로 향했다. 소영은 정연이 자신에게 처음 다가온 그날을 떠올려 주길, 그날처럼 말해주길 바랐다. 정연의 귀에 자신의 심장 소리가 들려왔다. 소영 씨가 이렇게 와주고, 말도 먼저 해줬잖아! 자신을 재촉해야만 했다. 과거의 기억을 이겨내고 싶었다.

“소영 씨!”

소영은 천천히 뒤를 돌아 정연과 마주 봤다. 정연은 소영을 잡고 싶었다. 그녀와 많은 이야기를 나누고, 서로를 알아가고 싶었다. 자신이 저주라고 말했던 그것을 극복하고 싶었다.

"조심히 가세요……."

그러나 5년이라는 시간 동안 굳어져 버린 다짐은 정연을 또다시 도망치게 만들었다. 소영은 가볍게 고개를 숙였다. 때마침 버스도 와버렸다. 버스에 올라탄 소영은 정연을 바라봤다. 정연은 고개를 푹 숙인 채 가만히 서 있었다. 버스가 출발하고 한참이 지나서도 정연은 그 자리에 서 있었다. 소영은 시야에서 정연이 보이지 않을 때까지 그를 바라보았다.

집에 돌아온 소영은 한동안 정연만을 생각했다. 무엇인지 알 수 없지만 정연의 남모를 사정이 자신과 정연 사이를 가로막고 있다고 느껴졌다. 타인의 일에는 적극적인 노무사 정연, 그러나 자신의 일은 극복하지 못하는 오정연. 대체 어떤 일을 겪으셨길래……. 소영의 전화벨이 울렸다. 수련이었다.

"이사 준비는 끝났어?"
"응! 다 끝났어."
"정연 노무사님은 잘 만나고 왔어?"

"뵙고 왔어."

"어떻게 됐어? 설마 사귀기로 한 거야?"

"아니. 그런 건 아닌데, 그냥 뭐랄까, 노무사님을 조금 더 이해하게 된 것 같아."

"이제 어떻게 할 거야?"

"기다리고 싶어. 노무사님이 마음을 열 때까지 기다리고 싶어졌어. 좋은 사람이고, 내가 좋아하는 사람이잖아."

"괜찮겠어? 얼마나 기다려야 할지도 모르는 건데?"

"그냥, 지금은 기다리고 싶어. 내가 아는 노무사님은 강하고 멋진 사람이야. 꼭 이겨내실 거야. 그렇더라도……, 너무 오래 걸리지 않았으면 좋겠어."

"그래! 소영 정연 커플 옆에서 응원할게. 고시촌 가서도 우리 자주 연락하자."

소영은 정연과 함께 놀이동산에서 찍은 사진을 한동안 바라봤다. 환하게 웃는 정연을 보며 소영은 두 손을 모았다. 정연을 위해, 그리고 정연과 자신을 위해 기도했다.

소영이 떠난 그 자리에서 정연은 우두커니 서 있었다.

자신에게 화가 났다. 그럴 거면 차라리 아무 말도 하지 말지! 때려눕히고 싶을 만큼 자신에게 화가 났다. 난 도대체, 왜…….

남아 있는 모든 힘을 다해 터벅터벅 사무실로 걸어갔다. 정연의 몰골을 본 민주 사무장은 걱정스러운 눈을 하기는 했으나, 아무 말도 꺼내지 않았다. 정연은 자신의 방으로 돌아와 의자에 털썩 주저앉으며 한숨과 걱정을 내뱉었다. 오늘 남은 상담만 두 갠데 어떻게 버티지…….

정연의 상태가 심상치 않음을 눈치챈 민주 사무장은 정연에게 녹음기를 건네고는 나갔다. 그녀는 이번에도 아무 말을 하지 않았다. 그녀의 예상처럼 정연은 단 한 마디도 상담에 집중할 수가 없었다. 전부 녹음을 했고, 그마저도 최대한 짧게 끝내야만 했다. 불필요한 발걸음을 한 의뢰인들에게 정연은 한없이 죄송했다.

어떻게 갔는지 모를 시간은 어느덧 오후 6시를 향해있었다. 주섬주섬 짐을 싸는 정연에게 정석 노무사가 말을 걸었다.

"정연아, 오늘 저녁 약속 없지?"

"네, 없어요."

"잘 됐다. 나랑 같이 가자. 동호 형이 너 꼭 데려오래."

"동호 형이요?"

"뭐야? 너 오늘 만나고 온 회사 대표이사 이름도 몰랐어? 이름 체크는 기본이라고 말했잖아."

"갑자기 형이라고 하시니까 몰랐어요. 그런데 그분이랑 아는 사이세요?"

"고등학교 선배야. 까마득한 선배기는 한데, 아무튼 친해."

정연은 대표이사가 한 마지막 인사가 떠올랐다. 정석과 정연은 송도에 있는 한정식 집으로 향했다. 대표이사는 미리 와서 기다리고 있었다. 그는 정연을 향해 손을 뻗으며 인사를 했다.

"점심 때 보고 또 뵙네요. 어서 앉으세요."

"형님, 말씀 편하게 하세요. 정연이도 그게 편할 거예요."

"네. 말씀 편하게 해주세요. 또 보자고 말씀하신 이유를 이제야 알았습니다. 아까는 실례가 많았습니다."

"실례는 무슨요. 저희가 부끄러운 모습을 보였죠. 그럼 말 편하게 해도 되겠죠, 오 노무사?"

대표이사는 정연에게 술을 한 잔 건넸다. 가득 찬 술잔을 입에 털어 넣었다. 답답했던 속이 알코올로 채워지자 조금 전 있었던 일이 다시금 떠올랐다. 소영 씨는 잘 갔을까? 오늘 나에게 실망했을까? 또 볼 수 있기는 한 걸까? 내가 먼저 연락을 하는 게 맞는 걸까?

"정연아, 오정연! 무슨 정신을 그렇게 놓고 있어? 형님 손 떨어지겠다."

아차! 정신을 차린 정연의 눈에 빈 술잔을 들고 있는 대표이사가 보였다. 정연은 "죄송합니다."라고 말하며 술잔을 채웠다. 대표이사는 정연을 지긋이 살피더니 입을 열었다.

"아까 보인 모습과는 사뭇 달라 보이구려. 그 사이 무슨 일이라도 있었나?"

"아닙니다. 그냥……."

"표정을 보아하니 작은 일은 아닌 것 같은데, 인생의 선배로서 작은 조언 하나 해도 될까?"

"네, 부탁드리겠습니다."

"무슨 일인지는 모르겠지만, 자신에게 영향을 주는 그런 일이라면 피하지 말고, 부딪쳐보라고 말하고 싶네. 인생의 풍파 겪지 않은 사람 어디 있겠나. 그저 그걸 극복하는 시간이 짧으면 짧을수록 자신에게 많은 도움이 될 거야. 그 속에서 교훈도 찾으면 더더욱 좋고."

이날 정연은 평소보다 술을 조금 더 아니, 많이 마셨다. 평소 정연이 소주 반 병 이상 마시는 모습을 본 적 없었던 정석은 정연을 말렸지만, 동호 대표이사는 마시게 두라고 했다. 소주 두 병, 주량을 한참이나 넘겼지만 정연은 정신이 혼미해지지도, 취기가 올라온다는 느낌도 받지 못했다. 집에 들어와서 옷도 벗지 않은 상태로 침대에 누운 다음에야 정연은 자신이 많이 취했다는 걸 깨달았다.

저마다의 사연

정연의 이야기

과거는 인간을 속박한다.

현재는 과거의 산물이며, 미래는 곧 현재와 과거로 치환된다.

그래서 묻는다. 과거에 잠식될 것인지,

아니면 과거를 이겨낼 것인지.

*****

목을 한쪽으로 돌려서 잔 탓인지, 빼근하다 못해 잘 움직이지도 않았다. 천천히 좌우로 목을 움직였다. 세, 네 번 정도 반복하자 빼근함이 조금은 사라졌다. 눈을 비비고 관자놀이를 꾹 눌렀다. 정신이 조금은 또렷해졌다. 눈앞 독서대에 펼쳐져 있는 책이 눈에 들어왔다. 대법원판례에 'A급'이라고 형광펜으로 적혀있었다. 이걸 외우다가 잠들었나? 그런데 판례를 왜 외우고 있었지? 그러고 보니, 왜 내가 책상에 엎드려서 자고 있지? 정연은 자리에서 벌떡 일어났다.

주위를 둘러보았다. 빼곡한 책상과 남녀 가릴 것 없이 남루한 복장, 지나칠 정도로 익숙한 공간이었다. 설마 하는 마음으로 스탠드 앞부분을 살폈다. 긁힌 자국이 선명히 보였다. 허탈함이 몰려왔다. 여기를 어떻게 잊을 수 있겠어, 내가 3년이나 앉아 있던 자리인데! 가만, 내가 왜 독서실에 있는 거지? 설마 노무사가 된 게 꿈이었나? 정연은 너무나도 혼란스러웠다.

서둘러서 건물 밖으로 나갔다. 눈에 익은 초등학교와 도림천, 여기는 신림동 고시촌이 확실했다. 절망이 심장을 내려쳤다. 명일 노무법인 식구들과 그동안 맡았던 사건들, 선명하리만치 기억되는 꿈 때문이었을까 무엇이 꿈이고 무엇이 현실인지 분간할 수가 없었다.

정연은 한 가게 유리창에 비치는 자신의 모습을 보았다. 거리의 사람들과 다르지 않은 남루한 복장이었다. 하, 지금이 현실이구나. 그럼 소영 씨도 꿈속의 인물이었겠구나……. 허탈했다. 뭐라도 하고 싶었다. 그러나 할 수 있는 게 없었다. 돈도 없고, 마음의 여유도 없었다. 좀 걷다 보면 나아질까…….

그렇게 도림천을 정처 없이 걸었다. 신림역으로 빠지는

길까지 걸어왔을 무렵 하나, 둘 빗방울이 떨어지기 시작했다. 신기하게도 비는 도림천에만 내렸다. 물은 점점 불어나더니 넘칠 만큼 차올랐다.

눈이 확 떠졌다. 벨트를 풀며 황급히 화장실로 달려갔다. 몸에 있는 수분이란 수분은 다 빠져나가는 것 같았다. 손을 씻는 김에 세수도 했다. 수건으로 얼굴을 톡톡 치듯 물기를 닦고 화장실에서 나왔다.

갈증이 몰려왔다. 물을 마시려고 냉장고를 열었지만 답답한 마음 때문이었을까, 정연은 다른 것을 집어 들었다. 캔을 따는 명쾌한 소리가 집안에 울려 퍼졌다. 맥주를 한 모금 마시자마자 어제 먹은 소주가 역류했다. 입을 꾹 다물고 화장실로 뛰어갔다. 바닥에 쪼그려 앉아 한참을 토해냈다. 더이상 토할 게 없었는지 헛구역질을 수차례 반복한 후에야 화장실에서 나올 수 있었다. 만신창이가 된 몸을 이끌고 안방으로 들어가 침대에 몸을 맡겼다. 혼잣말이 튀어나왔다.

"이런 빌어먹을 꿈은 왜 자꾸 꾸는 거야!"

많은 남자가 그렇듯, 정연 역시 군대를 다시 가는 꿈을 수차례 꿨다. 말 그대로 끔찍했다. 그러나 다시 고시생이 되는 꿈보다는 나았다. 꿈속의 정연은 5년 차 수험생이었다. 똑바로 누우면 머리와 발끝이 양쪽 벽에 닿는 고시원에서 컵밥이 주식이었고, 세 벌뿐인 추리닝을 번갈아 입었다. 돈 한 푼 아껴보겠다고 앞머리가 눈을 찌를 때가 되어서야 짧게 머리를 잘랐다. 올해는 꼭 이곳을 탈출하겠다는 불확실한 기대, 꿈의 내용은 이런 게 다였다.

고시생 꿈을 꿀 때마다 정연은 막연함이라는 공포를 다시금 느꼈다. 언제쯤 사람답게 옷을 입을까, 언제쯤 사람답게 사람을 만날까, 언제쯤 사람답게 살까. 꿈은 또 얼마나 생생했는지 잠에서 깨고도 한동안은 현실과 분간되지 않았다.

유독 왜 이 꿈만 이토록 생생하게 기억에 남는 걸까, 갑자기 또 왜 이 꿈을 꾼 걸까, 혹시 어제 소영 씨가 고시촌에 간다고 그래서 이 꿈을 꾸게 된 걸까……. 정연은 침대에 누워서 뜬눈으로 생각에 잠겼다. 어제의 나는 왜 그토록 바보 같았을까, 지금의 나는 어쩔 수 없는 걸까, 일전에 진영이가 말한 것처럼 맞닥뜨려야 할 숙제인걸까, 그 기억하기 싫은 일들을?

그래. 어차피 언젠가는 해야만 한다면 더이상 미루지 말자. 정연은 떠올리기 싫은 그때의 기억들을 하나씩 꺼내기 시작했다.

*****

5년 전, 내 기억 속의 12월 16일은 눈이 온 직후라 그 어느 때보다 추운 날이었다. 추운 날씨보다 더 싸늘했던 것은 신림동 고시촌의 거리였다. 눈에 보이는 대부분의 사람이 추리닝에 백팩을 메고 있었다. 고시라는 험난한 관문을 통과하기 위해 모인 사람들, 이날부터 나도 그중에 하나가 되었다.

노무사 시험은 총 3차로 진행된다. 객관식인 1차 시험은 근로기준법 등 개별적 노사관계 법령을 다루는 '노동법1', 노동조합 및 노동관계조정법 등 집단적 노사관계 법령을 다루는 '노동법2', '민법', 4대 보험을 다루는 '사회보험법'을 필수 과목으로 하고, 경영학 또는 경제학 중 한 과목을 선택해서 총 5과목을 본다. 1차 시험의 합격률은 대략 50%정도 된다. 결코 쉬운 시험은 아니지만 합격률이 높기에 그렇게 어렵지는 않다고 평가받는다. 문제는 2차 시험이다.

2차 시험은 '노동법1', '노동법2', 행정소송법과 행정심판법을 묶은 '행정쟁송법', '인사노무관리론'을 필수 과목으로 하고, '민사소송법' 또는 '노동경제학' 또는 '경영조직론' 중에 한 과목을 선택해서 총 5과목을 본다. 나는 인사노무관리론과 연계할 수 있는 경영조직론을 선택했다. 2차 시험은 사법고시와 마찬가지로 논문식 서술형으로 진행되는데 노동법 2개 과목은 75분 동안 12페이지의 답안지에, 다른 과목의 경우 100분 동안 16페이지의 답안지에 수기로 작성해야 한다. 300명 선발에 합격률이 10% 미만이기에 상당히 어려운 시험으로 평가받는다. 3차는 면접으로 합격률은 99%를 넘는다.

1차 시험과 2차 시험을 모두 수험 첫 해만에 합격하는 비율은 전체 합격자 중 5% 정도다. 이 5%에 속하는 사람들은 대부분이 다른 고시에서 넘어왔거나, 경영학 또는 법학 전공자라고 한다. 나는 비록 법학이나 경영학을 전공하지도, 접해보지도 않았지만 이 5%에 속하는 게 목표였다. 그러나 1년 만에 합격하겠다는 비현실적인 목표를 달성하는 데는 3년이라는 시간이 걸렸다. 이 3년이라는 시간 동안 참 많은 변화가 있었다. 정우와 승락이조차 연락을 거의 하지 않았고, 무엇보다 사랑이라는 단어를 내 삶에서 지우게 됐다.

고시생이 되기 전, 나는 프리랜서로 글을 쓰는 일을 했다. 주간지나 월간지에 기재할 원고를 작성하거나 기자들을 대신해서 기사를 작성하기도 했다. 프리랜서라는 직업의 특성상 월 수령액은 고정적이지 않았으나, 월 평균 200만 원을 조금 넘는 수준이었다. 전 여자친구는 이런 내 형편에 불만이 많았다. 그녀는 나와 자신의 총 월급여액이 600만 원을 넘기기 전에는 절대 결혼을 하지 않겠다고 못을 박았다. 그녀의 월급은 대략 250만 원 정도였다. 5살이라는 나이 차가 있는 상황에서 결혼이 급한 건 나뿐이었다. 당시 노무사라는 직업이 매력적이라 생각하기도 했고, 노무사가 되면 그녀가 제시한 제한을 넘을 수 있을 것 같았다. 1년이라는 시간 동안 끈질기게 설득한 끝에 나는 고시생이 될 수 있었다.

내게 생소했던 법학과 경영학은 생각보다 훨씬 어려웠다. 처음에는 별다른 생각 없이 긴 판례를 외웠지만 돌아서면 머리에서 사라졌다. 판례 문구가 길 수밖에 없는 이유를, 왜 경영학에서 이론을 그토록 중시하는지를 깨달았을 때 쯤 1차 시험을 보았다. 다른 국가고시처럼 평균 60점을 받으면 합격인 시험에서 90점을 넘게 받았다. 비록 1차 시험과 2차 시험의 난이도가 천양지차라고 하지만 1차 시험을 무난히 통과해서인지 자신감은 어느 정도 생겨있었다. 100일 뒤에 있을 2차 시험도 열심히만 하면 붙을 수 있으리라는 기대감이 생겼으나 이는 그리 오래가지 못했다.

2차 시험을 50일 남겨뒀을 무렵, 이별 통보를 받았다. 고시는 연인 사이를 소홀하게 만들었다. 나는 그녀의 이해를 원했고, 그녀는 내게 외롭다고 말했다. 이별 통보는 수험을 뒤흔들기 충분했다. 어찌되었든 독서실에 갔지만 눈물만 계속 흘러 정작 공부는 하지 못했다. 그렇게 이틀을 보내고 그 다음날은 독서실에 가지 않고 원룸에만 있었다.

이별 통보를 받은 지 3일째 되는 날, 누군가가 현관문을 노크했다. 택배가 올 일도 없었고, 무언가를 배달시키지도 않았다. 당시의 고시촌 일대에는 배달원을 사칭한 괴한의 침입을 받았다는 루머가 여럿 퍼져있었고, 며칠 전 독서실 근처에서 과학수사대를 직접 본 일도 있었기에 무서운 생각이 들었다. 잠시 후 노크 소리가 또 울렸고, 이후 한 차례 더 울렸다. 세 번째 노크 소리에 괴한이 아니라는 걸 느낄 수 있었다. 문을 열었다. 그녀가 서 있었다.

우리는 부둥켜안고 한참을 울었다. 그녀는 요즘 너무 외롭다고 말했다. 그러나 내가 해줄 수 있는 게 없었다. 대신, 시험이 끝나는 날 함께 여행을 가기로 했다. 나는 비상금으로 가지고 있던 100만 원 전부를 그녀에게 건넸고, 그녀는 그 돈으로 숙소 등을 예약하기로 했다. 그녀를 웃게 할 수 있다면 비록 빈털터리가 되더라도 상관없었다.

그녀는 내게 위치공유 애플리케이션을 설치하라고 했다. 내가 공부를 열심히 하는지 매일 확인하겠다고 말했다. 가는 곳이라고는 집, 독서실, 학원, 고시 식당뿐이었고, 숨길 것도 없었다. 그녀가 하라는 대로 했다. 나만 열심히 하면, 정말 나만 열심히 하면 모든 것이 잘 될 거라 생각했다. 그러나 현실은 달랐다. 그녀와 나의 인연은 이날이 마지막이었다.

2차 시험을 20일 남겨둔 날이었다. 독서실에서 원룸으로 돌아가는데 위치공유 애플리케이션 알림이 울렸다. 이 어플은 집 또는 직장 등으로 설정해 놓은 장소를 벗어나면 상대방에게 알림이 간다. 그녀는 23시 35분에 집에서 나섰고, 약 20분 후 빌라 밀집 지역에서 움직임을 멈췄다. 불길한 생각이 엄습했다. 불행하게도 이 생각은 틀리지 않았다.

다음 날 그녀로부터 문자메시지가 왔다. 3년이라는 시간이 글자 몇 개로 끝이 났다. 헤어지려는 이유에 대해 충분히 심증은 갔지만 굳이 묻지는 않았다. 심증이 확증이 되면 정말 견디지 못할 것 같았다. 그 순간부터 시험 일주일 전까지 술로 날을 보냈다. 공부를 시도하지 않은 것은 아니었다. 도저히 책상에 앉아 있을 수가 없었다. 처참히 부서진 내 마음은 어머니가 올라오신 뒤에야 진정이 되었다. 공부하고 있을 아들 걱정에 밥이라도 손수 지어주시러 오신 어머니께 망가진 모습을 보여드릴 수는 없었다. 억지로라도 흔들린 정신을 가다듬었다. 남은 일주일동안 잠도 거의 자지 않은 채 공부를 했지만 결과는 예상했던 대로였다.

그녀를 원망하는 마음이 있었던 건 사실이다. 그러나 미워하지는 않았다. 고시생 남자친구를 둬서 얼마나 외로웠을지 어느 정도는 이해할 수 있었다. 그녀와의 추억을 되씹으며 그녀를 더 이해해보려고 노력하고 또 노력했다. 그녀가 행복을 찾아간 거라고 생각하자 아주 조금은 위안이 되었다. 그리고 그녀가 진정으로 행복하기를 진심으로 기도했다. 그녀의 빈자리가 느껴질 때마다 앞으로 어떤 사람을 만나더라도 내 무능력으로 떠나보내지 않겠다고 다짐했다. 여행 경비는 그녀에게 주는 마지막 선물이라 여겼다.

이때까지만 해도 그녀가 내 트라우마가 될 줄은 생각조차 하지 못했다.

모든 연인이 100% 서로를 만족시키지 못하듯이, 나 역시 그녀의 행동 중에 마음에 들지 않는 것이 하나 있었다.

그녀를 처음 만날 당시 나는 중학교 친구와 함께 살고 있었다. 대학 졸업 후 무작정 수도권으로 상경했기에 아는 사람이 전혀 없었다. 우연히 연락이 닿은 중학교 친구는 쓰리룸 빌라에 혼자 산다며 빈방을 내어줄테니 같이 지내자고 제의를 했다. 그가 제시하는 방값이 당시 살던 월세보다 10만 원이나 저렴했기에 짐을 싸들고 그 빌라에 들어갔다. 이후 아르바이트를 하며 그녀를 만나게 되었다.

나와 그녀, 중학교 친구는 몇 번 같이 밥을 먹었고, 그 과정에서 서로의 연락처가 주고 갔지만 대수롭지 않게 생각했다. 친구의 여자친구 또는 남자친구의 친구와 특별한 사정이 없는 한 연락을 안 하는 게 당연하다고 생각했고, 다른 사람들도 그렇게 할 거라고 생각했기 때문이다. 그러나 내가 세운 기본 명제는 그들에게는 적용되지 않았다.

모태솔로였던 중학교 친구가 솔로 탈출에 성공한 며칠 뒤, 그의 여자친구가 빌라에 놀러왔다. 나를 포함한 셋은 집에서 간단하게 맥주를 마셨다. 캔맥주 하나를 반 정도 마셨을 때쯤, 중학교 친구의 여자친구가 내게 따졌다. 그 여자는 내 여자친구가 자신의 남자친구에게 귀찮을 정도로 연락을 한다며 더이상 얼굴 붉히고 싶지 않다고 말했다.

당황스러웠다. 방에 들어가 그녀에게 전화를 걸었다. 그녀는 문자메시지를 몇 번 보낸 건 맞지만 먼저 보낸 건 대부분 상대방이라고 했다. 중학교 친구가 내 방에 들어와서 미안하다며 사과했다. 화가 머리끝까지 났지만 인생 처음 사귄 여자 앞에서 망신을 주고 싶지는 않았다. 다음 날부터 원룸을 알아봤고 이 일이 있은 지 3일 만에 그 빌라에서 나왔다. 중학교 친구에 대한 화가 너무 커서인지 상대적으로 그녀에 대한 화는 그 정도까지는 아니었다. 다만, 이 일에 대해 확실히 짚고 넘어갔다.

그로부터 1년 후, 고등학교 동창에게 연락이 왔다. 계를 만들었다며 합류하라고 했다. 연락을 하고 지내던 사이는 아니었지만 그렇다고 거절할 이유 역시 없었다. 모임의 일원 중 서울에 살고 있던 사람은 두 명이었다.

내 트라우마의 근본적인 이유가 그녀라면 이 둘은 직접전인 원인이다.

5년 차 공무원 준비생인 A는 공부보다는 게임에 관심이 더 많았다. 매달 부모님께 상당한 경제적 지원을 받았으나, 학원에 등록조차 하지 않았다는 사실을 부모님께 들킨 뒤로는 지원이 끊겨 상당히 궁핍하게 살았다. 이후, 사채까지 써가며 게임을 계속했고, 그 돈 마저 탕진하자 친구들에게 돈을 꿔가며 PC방에서 전전했다. 사회에서 알게 된 사이었다면 연락을 끊었겠지만, 한때 학창 시절을 함께 보냈다는 사실은 관계라는 발목을 잡았다. 일용직으로 일하는 B는 가상화폐로 그동안 모아둔 돈을 전부 잃고 이를 만회하기 위해 제3금융

권의 도움까지 받았으나, 예상과는 정반대의 상황만 계속되자 정신적으로나 육체적으로나 상당히 피폐한 삶을 보내고 있었다. 나 역시 결혼과 미래를 두고 고민이 적지 않았다. 각자의 사정이 있던 세 남자는 A가 경제난을 못 이겨 고향으로 내려가기 전까지 약 1년 동안 한 달에 한번 꼴로 만났다.

그들은 내 여자친구가 궁금하다고 했다. 안 보여줄 이유도 없었다. A와 B, 나와 그녀 이렇게 넷은 몇 번 같이 만났다. 그러던 어느 날, 잡지사 업무 차 지방에 내려가 있는데 그녀에게서 연락이 왔다. A가 같이 밥을 먹자며 그녀의 집 근처로 온다고 했다는 것이다. 기가 차서 서둘러 일을 마치고 돌아갔다. 그날 밤 A를 돌려보내고 그녀와 심하게 다퉜다. 나는 왜 A와 연락을 하냐고 물었다. 그녀는 연락이 오는데 그럼 씹냐고 되물었다. 그러자 네 친구들과 너 모르게 연락하고, 따로 만나면 기분이 좋겠냐고 물었다. 그녀는 기분이 상당히 나쁠 것 같다고 답했다. 나는 그 기분 나쁠 걸 지금 느끼고 있다고 말했다. 우리는 서로 화해를 하며 나도 앞으로 A와 연락을 하지 않을 테니 그녀에게도 두 번 다시 A와 연락을 하지 말라고 했다. 그녀는 알겠다고 했다.

이 일에 대해서 A에게는 따로 말을 하지 않았다. 이유는 두 가지였다. 하나는 자신이 친구라고 부르는 사람의 여자 친구에게 사사로이 연락을 하거나 따로 만나자고 하면 안 된다는 걸 모르는 것 같았다. 오히려 그게 뭐가 잘못된 거냐고 따질 것 같았다. 그러면 나도 더이상은 참지 못할 테니까. 다른 하나는 모임 때문이었다. 좋으나 싫으나 모임에서 볼 텐데 싸우고 싶지 않았다. 그저 A가 또 연락을 해도 그녀가 나와 약속한대로만 한다면 앞으로 이런 일은 없을 거라고 생각했다. A가 고향으로 내려간 건 이 일이 있은 직후였다. 나와 그녀 사이에 A가 끼는 일은 더이상 없을 거라 생각했다.

A가 사라지자 B와는 아주 가끔씩만 만났다. B는 우리 사회를 보는 시선이 남들과는 조금 달랐다. 자신은 사법고시를 합격할 자신이 있지만 경제적 형편이 허락되지 않아 못한 것뿐이라는 말을 종종 했다. 또한, 사법고시가 폐지된 걸 한탄하며 로스쿨을 비하하기도 했다. 내가 아는 것과는 달랐다. 지인 중 학점 4.3에 토익 930점으로도 힘들게 로스쿨에 들어간 사람이 있었다. 이 말을 꺼내자 B는 자신은 토

익 공부를 한 번도 안 했지만 840점이 나왔다며 930점이면 노력을 하지 않은 거라고 말했다. 토익을 공부해 본 사람이라면 이 말을 믿지 못할 것이다. 나 또한 같았다. YBM사이트에 접속해서 점수를 보여달라고 하자 B는 그제야 모의토익이었다며 왜 자신의 말을 믿지 않냐며 오히려 언성을 높였다.

B와의 대화는 항상 이런 식이었다. 말과 책임을 별개로 생각하는 사고방식이 안타깝기도 했다. 그를 비관적으로 만든 돈이라는 현실이 무섭게도 느껴졌다. 매번 납득이 되지 않는 말을 했지만 내게 해를 입히는 것도 아니었고, 그가 하루하루의 스트레스를 푸는 방법이라 생각하며 만남을 회피하지는 않았다. 그러나 노무사 시험을 준비하며 그나마 많지 않던 만남의 횟수도 완전히 줄여버렸다.

노무사 2차 시험 50일 전, 그녀에게 첫 이별 통보를 받은 그 날, 답답한 마음에 유일한 말상대인 B를 만나 담배를 나눠폈다. 내 표정을 살핀 B는 그냥 돌려보내면 안 되겠다며 포장마차로 데려갔다. 소주 한 병을 나눠먹는데 B가 어처구니없는 말을 했다. 평소 아는 척하고 단정짓기를 잘 한다는 건 알았지만 자신이 나보다 그녀에 대해 더 잘 안다는 말을 할 줄은 생각치도 못했다. 단순한 말실수로 치부하기는 어려웠다. 그날의 B는 정말 미친놈이었다. 집에 돌아가면서 다짐했다. 다시는 B도 만나지 않겠다고. 그러나 불행히도 그를 한 번 더 보는 일이 있었다.

2차 시험을 치르고 잠시 고향집에 내려가 있었다. 그 사이 고등학교 모임이 있었고, B가 불참한다는 말을 들었기에 참석했다. 거기에는 불편한 얼굴, A가 있었다. 전혀 반갑지 않은 A는 그녀에게 새 남자친구가 생겼는데 동거하는 것 같다는 말을 꺼냈다. 순간 피가 거꾸로 솟는 게 느껴졌다. 내 얼굴이 시뻘게지자 주변에 있던 동창들이 무슨 일이냐며 몰려왔다. 분노를 겨우겨우 가다듬고 아무 일 아니라고 말했다. 부모님과 함께 사는 그녀가 남자와 동거한다는 말을 곧이곧대로 믿지는 않았다. 그러나 확인할 방도도 없었다. 굳이 확인하려 하지 않았던 사실과 '동거하는 것 같다'라는 불확실한 정보까지 더해지자 견디기 힘들 정도로 마음이 불편했다.

말로 표현하기 힘든 이 기분은 일주일이 지나고, 이주일이 지나도 사그라들기는커녕 오히려 더 커져만 갔다. A에 대한 분노가 하늘을 찌르자 앞으로 A를 영원히 보지 않기 위해 모임을 탈퇴했다. 동창들 몇몇이 찾아와서 탈퇴하는 이유를 물었다. 그동안 A, B와 있었던 일을 말했다. 동창 한 명이 탈퇴는 하더라도 기분 나쁜 일은 풀고 나가는 게 어떻겠냐고 물었다. 그의 말이 틀린 것 같지는 않았다. 그렇게 나는 트라우마로 남을 그 날을 아무런 대책도 없이 맞이했다.

이틀 뒤, 카페에서 A와 B를 만났다. 먼저, A에게 왜 필요없는 말을 했냐고 물었다. A는 내가 괜찮아 보였기에 기분 나빠할지 몰랐고, 기분이 나빴다면 사과하겠다며 손을 내밀었다. 그 모습이 거짓처럼 보이지는 않았다. 그의 사과를 받아들였고, 어느 정도 화가 가라앉는 것 같았다. 그러나 그것도 잠시였다. A는 자신도 내게 사과받을 게 있다고 말했다.

A의 말은 그녀의 욕으로 시작했다. 아무리 헤어진 사이라지만 불쾌했다. 무엇보다 그 대상이 A라서 더 불쾌했다. 주먹이 꽉 쥐어졌다. 그러나 그의 다음 말을 듣자 주먹의 힘이 풀리고 말았다. 내가 자신에 대해 안 좋게 말한 걸, 연락을

끊겠다고 말한 것들을 그녀를 통해 전부 들었다고 했다. 순간 뒤통수를 제대로 얻어맞은 기분이었다. 연락을 하지 않겠다는 약속을 어긴 것도 모자라, 둘이 했던 얘기를 A에게 전했다는 사실이 실로 놀라웠다.

그녀가 왜 A와 연락을 하고 지냈는지, 남자친구였던 나의 뒷담화를 자신의 친구가 아닌 왜 나의 지인들에게 전했는지, 한두 번도 아니고 지나치게 많이 그래야만 했는지 이 모든 게 혼란스러웠다. 그녀에게 나는 대체 뭐였을까?

A는 나와 제법 친하다고 생각했는데 고작 그런 일로 친구 사이를 끊을 생각을 했냐며 자신이 적지 않은 상처를 받았다고 했다. 어찌되었든 그런 말이 내 입에서 나왔던 건 사실이었다. 사과를 했다. 여기까지만 해도 가슴이 미어질 정도로 아팠다. 하지만 가만히 있을 B가 아니었다. 갑자기 끼어든 B는 그딴 짓을 했는데 다시 만날 생각조차 하면 안 된다는 말을 뱉었다.

나는 다시 만나고 싶다는 말을 꺼낸 적이 없었고, 다른 남자에게 간 그녀를 다시 만나고 싶지도 않았다. B의 말을 들은 A는 도대체 어떤 짓을 했길래 '그딴 짓'이라고 하냐며 궁금해 했다. 궁금한 건 나도 마찬가지였다. B는 그녀가 내 원룸 문을 세 번 노크한 일을 들먹였다. 그는 '없는 척 했다'며 사람이 어떻게 그러냐고 손가락질을 했다. B의 말에 따르면 그녀가 나를 애타케 불렀지만 내가 계속 모른 척하며 문을 열어주지 않았다.

내가 기억하는 그날과는 많이 달랐다. 내가 살았던 원룸은 오래된 건물이었고, 방음도 좋은 편이 아니었다. 그녀가 나를 애타게 불렀다면 내가 듣지 못했을 리가 없다. 무엇보다 그녀와 있었던 일을 B가 아는 게 더 궁금했다. 나는 그 누구에게도 그날의 일을 말한 적이 없었다. B에게 어떻게 아냐고 물었다. 그는 그녀가 직장에서 나서는 순간부터 계속 통화를 하고 있었다고 말했다. 1시간 반이 넘도록, 원룸 문 앞에서조차! 그래서 자신은 당시의 상황을 누구보다 가장 잘 안다고 주장했다.

서로 부둥켜안고 울었던 그 날이 머릿속을 스쳐지나갔다. 그녀는 왜 B와 통화 중이었을까? 그날 그녀는 왜 나를 찾아왔을까? 그녀가 흘린 눈물은 어떤 의미였을까? 그녀가 나를 사랑하긴 했을까? 왜 헤어지고 나서까지 이렇게 심장이 뜯겨야만 할까?

B의 말을 곧이곧대로 믿을 수는 없었다. B에게 통화목록을 보여주라고 말했다. 그러자 자신은 정기적으로 통화목록을 지운다며 핸드폰을 주지 않았다. 정말인지, 아니면 숨기는 게 있는지, B의 말의 사실인지 확인할 수 없었다. 하지만 그녀가 어떤 방식으로든 B에게 그날의 일을 말한 건 사실이었다.

A는 자신은 그녀와 친구 같은 사이라고 말했다. 그렇기에 친구가 친구를 만나고, 연락하는 게 왜 잘못이냐고 도리어 내게 따졌다. 끈끈한 우정을 내가 방해한다는 식으로 말하자, B는 나의 꽉 막힌 사고방식을 바꾸기 전에는 절대 연애다운 연애를 하지 못할 거라고 거들었다. 이날, 태어나서 처음으로 우발적 살인이 왜 일어나는지를 이해할 수 있었다. 더이상 이 자리에 있어서는 안 됐다. 이들 때문에 내 인생을 그르칠 수는 없었다. 자리에서 일어서야 할 이유는 충분했다.

집으로 돌아가는 내내 그들의 말이 계속 생각나 웃음을 참지 못했다. 그녀와 친구 같은 사이라고? 언제부터 알았다고 5살 어린 사람이랑 친구래. 연애다운 연애를 하지 못 할 거라고? 소개팅 애플리케이션으로 한두 명 만나본 게 전부인 사람한테 진정한 사랑에 대한 조언을 들어야 할 만큼 내가 형편없는 연애를 했단 말인가. 그들이 친한 이유가 이해됐다. 한참을 웃어서인지 다리에 힘이 풀려버렸다. 근처에 있는 벤치에 앉았다. 가슴이 먹먹했다. 눈물이 울컥 쏟아졌다.

결혼까지 생각했던 사람은 최고의 타이밍에 최악의 방법으로 이별을 통보했고, 나는 아무것도 할 수 없는 고시생 신분이며, 예의도 기본도 모르는 존재들은 알 필요 없는 사실들을 전하며 추억으로 남기려고 했던 그녀와의 시간들을 더럽히고 또 더럽혔다. 도대체 내가 어떤 잘못을 어떻게 했길래 이별 후에도 이런 아픔을 감당해야만 하는지 납득이 가지 않았다. 그녀가 다른 남자와 동거하는 것 같다는 말을 들었을 때도 마음이 이처럼 아프지는 않았다. 어찌할 수 없는 게 사람의 마음이라고 하니까, 그만큼 많이 외로웠나보다는 생각이 먼저였다. 하지만 A, B와 연락을 한 건 다르다. 이건 통제할 수 있는 거니까. 자신이 사랑한다던 사람이 싫어하는 행동이니까. 아니, 어쩌면 그녀의 입에서 나왔던 사랑이라는 말 전부가 거짓이었을 수도…….

집에 들어가자 아버지가 화들짝 놀라며 무슨 일이냐고 물으셨다. 별일 아니라고 말씀드리고 화장실에 들어갔다. 거울을 봤다. 눈이 이렇게나 부어있으니 놀라실 만도 했다. 샤워를 하는데 머리카락이 한 움큼 빠졌다. 얼마나 많이 빠졌는지 하수구가 막혀 물이 안 내려갈 지경이었다. 하수구를 막아버린 머리카락을 집으며 머리 때문이라도 스트레스를 받지 말아야 한다고 다짐했다. 하지만 몰려오는 스트레스를 피하기란 생각처럼 쉽지 않았다.

방으로 들어가서 누웠다. 오만가지 생각이 다 들었다. 그녀를 처음 만났던 순간부터 마지막으로 봤던 순간까지 하나하나가 다 떠올랐다. 잠들 수 없을 거라 생각했던 긴 밤은 내 몸이 탈진한 탓인지 잠을 허락했다.

다음 날 아침, 아버지가 어제의 일을 물으셨다. 아버지께는 감출 수 없었다. 있었던 일을 전부 말씀드렸다. 내 말을 끝까지 들으신 아버지는 조용히 입을 여셨다.

"그들을 욕할 필요 없다. 지금 네가 만나는 사람들이 너의 위치다. 바로 올라가거라. 이제야 네가 제대로 공부할 준비가 된 것 같구나."

아버지의 말씀을 부정하고 싶었다. 지금 내가 만나는 사람들이 나의 위치……. 그러나 부정할 수가 없었다. 이별 후 지금까지 받았던 그 모든 충격을 합해도 아버지의 말 한마디만큼 아프지는 않았다. 짐을 챙겨 현관을 나서는 나를 아버지는 아무 말 없이 꼭 안아주셨다.

신림동 고시촌으로 가는 5시간 동안 많은 생각을 했다. 그리고 앞으로 사람을 만나는 기준을 둘 세웠다. 나에게 부정적인 영향을 주는 사람과의 관계를 단호히 할 것, 근거 없는 말을 하는 사람을 극히 경계할 것. 고시촌에 도착하자마자 휴대폰 번호부터 바꿨다. 인생 첫 인간관계 정리를 이때 해본 셈이다.

함께였을 때는 1분 1초도 떨어지기 싫어 꿈속에서조차 같이 있고 싶었던 바람은 그녀가 내 인생에서 지우고 싶은 존재가 되고 나서야 이루어졌다. 꿈속에서 나와 그녀는 싸우고 헤어지기를 반복했지만 그래도 행복해 보였다. 이런 날이면 베개는 축축하게 젖어있었다. 한때는 내 전부라고 생각했고, 눈 한쪽이라도 기꺼이 바칠 수 있는 존재였던 그녀를 나는 머리로만 헤어졌을 뿐, 내 심장은 여전히 그녀를 한동안은 사랑했던 것 같다. 그래서 더 힘들었다.

시간이 지날수록 그녀와의 관계에서 받은 상처는 옅어지긴 했지만 완전히 사라지지는 않았다. 마치, 상처가 아물면서 흉터를 만들 듯. 그리고 그 흉터가 보일 때마다 과거의 상처가 떠오르듯.

기쁜 일이라고는 판례와 학설, 이론이 잘 외워질 때고, 슬픈 일이라고는 외웠던 판례와 학설, 이론이 잘 생각나지 않을 때뿐인 단조로운 고시 생활은 새로운 스트레스가 생길 일이 많지 않았다. 그랬기에 기존에 있던, 안 좋았던 일이 불현듯 튀어나와 공부를 방해했다. 고시촌으로 돌아갔던 첫 달은 무척이나 생각이 많이 났다. 반년 정도가 지난 후에야 비로소 생각나는 횟수가 조금씩 줄어들기 시작했다. 새까맣게 타버린 심장이 그을음만으로 뒤덮인 채 더 큰 고통을 느끼지 않게 된 것도 치유라고 표현한다면 시간이 약이라는 말은 틀리지 않았다.

실제로 내 심장이 칼에 찔리지는 않았지만 심장을 송곳으로 난도질당한 아픔을, 심장이 짓밟히고 침 뱉어진 기분을, 심장이 갈기갈기 찢기고 불태워진 심정을, 누구보다 잘 알게 되었다.

내가 아는 사랑이라는 단어를 지우고 그 위에 저주라고 새겼다. 내가 그녀를 사랑한 만큼, 그녀가 나를 사랑했다면 내게 이런 상처를 주지는 않았을 것이다. 그녀가 나를 사랑한 만큼만 내가 그녀를 사랑했더라면 이 같은 상처를 받지는 않았을 것이다. 사랑은 더 사랑한 사람에게 아픔을 남긴다. 이게 사랑의 진짜 얼굴이다. 이를 깨달은 순간부터 사랑이라는 쓸모없는 감정은 내게 저주가 됐다.

그래서 결심했다. 앞으로 나는 이 저주를 두 번 다시 겪지 않겠다고! 온 힘을 다해 이 저주를 거부하겠다고! 이런 다짐이 커지고, 또 커져서 지금의 트라우마가 되어버린 것 같다.

공부에만 전념할 수 있는 방법이 필요했다. 그래서 택한 게 '그룹스터디'였다. 신림동 고시생들이 사용하는 애플리케이션으로 노무사 모의고사 스터디에 등록했다. 처음에는 잘 운영되는가 싶더니 3번째 모임부터 한 명씩 나오지 않기 시작했다. 결국 마지막까지 남은 한 명과의 합의를 통해 내 첫 스터디를 '쫑'냈다.

2번째 스터디는 비교적 나이가 많으신 분들과 함께했다. 오랜 수험생활을 한 사람들의 장점은 정보가 풍부하다는 점이었고, 단점은 주장이 상당히 강하다는 점이었다. 서로의 주장이 달라 언성이 높아지는 경우도 종종 있었다. 그러나 이 스터디가 막을 내린 이유는 다른 데 있었다. 오랫동안 외로움을 느낀 사람들, 이 안에서도 사랑은 싹을 틔었다. 스터디가 스터디로서의 역할을 하지 못한다고 느낀 날, 스터디를 탈퇴했고 이후로는 쭉 혼자서만 공부를 했다.

대신 기상스터디는 꾸준히 참여했다. 이름이 스터디기는 하지만 같이 공부하는 모임은 아니었다. 아침에 정해진 시간과 장소에서 출석 체크를 하고 곧바로 헤어진다. 만 원의 보증금을 내고 불참 시에는 천 원씩을 제해서 출석률이 가장 좋은 사람에게 몰아주는 방식이었다. 한푼한푼이 아쉬운 고시생에게 천 원은 절대로 적은 돈이 아니었다. 돈 때문이라도 절대 빠지면 안 되는 스터디였다. 기상스터디 덕분에 하루를 일찍 시작할 수 있었고, 노무사가 된 것도 이 덕이 큰 것 같다.

고시하면 역시 빈곤함을 뺄 수 없었다. 고시생 생활은 정신적인 스트레스뿐만 아니라 금전적인 스트레스도 심각하게 동반했다. 일정 부분 아버지께 도움을 받았지만 정말 검소하지 않으면 수험생활을 유지하기 힘들었다. 고향에서 올라간 직후 월세라도 아껴보겠다고 고시원으로 옮겼다. 강의료, 고시원비, 독서실비, 휴대폰 요금 등을 내면 한 달에 쓸 수 있는 여유분은 대략 30만 원 정도였다. 이 돈으로 교재비, 식비, 생필품 등을 해결했다. 이제는 데이트 비용을 걱정하지 않아도 된다는 생각에 아주 잠시나마 여유를 느꼈지만, 그런 여유는 하루를 채 넘기지도 못했다.

신림동 고시촌에는 고시 식당이라는 한식뷔페가 약 15군데 있는데 5,500원이면 푸짐한 한 끼가 가능했다. 세끼를 꼬박 먹으면 16,500원, 매일 이 돈을 쓰기는 상당히 부담스러웠다. 그래서 아침은 포기했다. 점심이나 저녁 한 끼만 고시 식당에서 해결하고 나머지 한 끼는 김밥 한 줄이나 컵라면으로 해결했다.

어느 날, 살까 말까 고민하다가 인터넷서점 장바구니에 담아만 놨던 책이 고시원으로 배송된 적이 있다. 알고 보니 누나에게 준 태블릿PC에 인터넷서점 로그인 기록이 남아 있었고, 우연히 그 인터넷서점 사이트에 접속한 매형이 결제해준 것이었다. 이때부터 약 2년간 필요한 책은 매형이 전부 보내주었다. 비록 1살 어린 매형이지만 대기업 다니는 매형 덕을 톡톡히 보았다.

자신만의 공부 방법을 찾는 건 합격의 핵심 요소라는 말을 많이 들었다. 사법고시를 패스한 행정쟁송법 강사님이 무조건 펜으로 써가며 외우라고 했다. 자신은 이틀에 펜 한 자루를 썼다고 말했다. 그래서 나도 똑같이 했다. 수험생들이 가장 많이 쓰는 0.7mm 볼펜을 이틀에 하나씩 쓸 정도로 써가면서 외웠다. 펜 한 자루를 다 쓰려면 10시간은 넘게 손목을 쉬지 않아야 했다. 당연히 손목에 무리가 오기 시작했다. 손목 보호대는 필수품이 되었고, 보호대의 힘을 빌리더라도 손이 부르르 떨릴 때면 내가 제대로 공부를 하고 있다는 안심이 들곤 했다. 그러나 2차 시험 D-day 150일부터 학원에 깁스를 하고 오는 수험생들을 보며 나는 아직 멀었다는 걸 깨달았다.

2번째 2차 시험 결과 발표가 있는 날이었다. 뜬 눈으로 밤을 세며 합격 발표가 나오는 아침 9시를 기다렸다. 정작 9시가 되자 심장이 터질 것만 같아 확인을 할 수가 없었다. 10시가 지나서야 겨우겨우 합격 여부를 확인했다.

'불합격'

시간이 멈추고 내 뇌도 멈췄다. 흘러나오는 눈물을 감출 수가 없었다. 고시원은 방음이 취약해서 소리 내어 울지도 못했다. 그렇게 30분 정도를 울며 멍하게 있다가를 반복했다. 1년 더 해야 하나 아니면 지금 한강으로 가서 모든 걸 끝내버려야 하나를 아주 잠시, 정말 아주 잠시지만 고민했다.

신기하게도 이런 상황에서도 배고픔은 느껴졌다. 목이 빠져라 기다리고 계실 부모님께는 죄송했지만 일단 기운부터 차려야겠다는 생각에 고시 식당으로 갔다. 자주 가던 고시 식당 입구에는 '노무사 수험생 여러분 수고하셨어요.'라는 글귀와 오늘의 특별메뉴 '꿔바로우'라고 적혀있었다. 시험에 합격한 사람들은 지금쯤 가족들을 만나 같이 밥을 먹고 있겠지. 불합격의 고배를 마신 자들을 위한 고시 식당 주인 아주머니의 배려가 너무나도 감사했다. 마음으로 느껴지는 감사함에도 불구하고 꿔바로우 아주 작은 조각 하나만 식판에 담았다.

식사를 하려는데 한쪽 구석에서 흐느끼는 여자가 보였다. 그 옆에 앉아 있던 다른 여성이 우는 여성을 다독이는가 싶더니 같이 울기 시작했다. 분위기 탓만이 아니었다. 내 눈에서도 다시 뜨거운 게 흐르고 있었다.

차마 숟가락을 뜰 수조차 없었다. 과연 나는 이 밥을 먹을 자격이 있는가, 나는 이 사회에서 한 명의 사람으로서의 몫을 하고 있는가……. 끝없는 자괴감이 몰려왔다. 쌀 한 톨도 목구멍으로 넘기지 못했지만 배고픔이라는 감정은 사라져 있었다. 다시 고시원으로 돌아갔다. 어찌되었든 부모님께 말씀을 드려야 하는데, 죄송하다는 이 한마디를 하기가 그렇게 힘들었다.

결국 오후 6시가 되어서야 아버지께 먼저 전화가 왔다. 아버지는 "네가 최선을 다했다면 그저 운이 좋지 않았을 뿐이다. 아들아 사랑한다."라는 말만 남기시고는 전화를 끊으셨다. 1분 뒤 문자메시지가 왔다. 아버지가 50만 원을 보내셨다. 많이 기대하셨을 텐데 큰 실망을 안겨드려서 죄송하고 또 죄송했다. 너무 죄송해서 죄송하다는 답장도 보내지 못했다. 대신 아버지를 생각해서라도 기운을 차려야겠다고 다짐했다.

아버지가 보내주신 50만 원으로 목욕탕에 가서 깨끗이 씻고, 머리를 짧게 자르고, 남은 돈만큼 식권을 샀다. 2,000원 정도 남은 돈으로 마트에서 소주 한 병을 샀다. 고시원으로 돌아와 깡소주로 퉁퉁 부은 심장을 씻어냈다. 그리고 다음 날부터 다시 새롭게 공부를 시작했다. 이때부터 일주일에 펜 5자루를 쓰는 걸 목표로 공부했다.

그로부터 4번의 계절이 바뀌고 2차 시험 합격자 발표일.

아침 9시가 되자마자 합격을 축하한다는 한국산업인력공단의 문자메시지가 울렸다. 부모님께 이 기쁜 소식을 얼굴을 보고 말씀드리고 싶어서 바로 고향으로 내려갔다. 아버지는 아파트 입구에서 언제 올지 모르는 나를 기다리고 계셨다. 작년에도 하루 종일 기다리셨을 모습이 떠올라 너무 죄송했다. 멀리서 나를 발견한 아버지는 두 팔을 벌린 채 뛰어오셨다. 눈물이 울컥 쏟아졌지만 간신히 참아내며 아버지의 손을 잡고 집으로 들어갔다. 그리고 신발장에서 아버지를 끌어안고 한참을 울었다. 3년간 뭉쳐있던 서러움을 모두 씻기라도 하듯 눈물이 멈추질 않았다. 아버지는 함께 우셨고, 어머니는 하나님께 기도했다. 누나는 2살 된 로이를 안은 채 눈물을 흘렸고, 올해는 꼭 합격할 줄 알았다며 매형은 휴가까지 써가며 함께 축하해주었다.

아버지가 술을 완전히 끊은 줄로만 알았다. 벌써 3년째였다. 어머니는 내가 합격하는 날 나와 함께 마시기 위해 참고 기다리신 거라고 말씀해주셨다. 아버지는 내 덕에 건강해진 것 같다며 웃으셨다. 어머니는 아버지가 혼자 쓸쓸하게 공부하고 있을 나를 생각하며 우신 날도 제법 되신다고 말씀하셨고, 아버지는 쓸데없는 이야기 하지 말라며 어머니의 입을 막으셨다.

처음으로 매형과 로이를 포함한 우리 여섯 식구가 한자리에 모였다. 로이가 매형이 아닌 누나를 닮아 다행이라고 말하자 매형은 눈, 코, 입, 자기를 닮지 않은 부분이 하나도 없다며 자신의 얼굴을 로이 얼굴에 댔다. 사진으로만 보던 조카를 실제로 보니 기분이 이상했다. 우리 누나가 낳은 내 조카. 이제야 얼굴을 보여준 삼촌이 신기한 듯 날 보며 방긋 웃는 로이가 너무 예뻤다. 이제는 결혼 생각조차 없는 탓일까, 그래서인지 로이가 더 사랑스럽게 느껴졌다.

우리 가족은 인근 식당에서 아귀찜을 먹었다. 그동안 나누지 못했던 이야기를 나누다보니 빈 소주병도 늘어갔다. 한참을 시끌벅적하게 떠든 후, 나는 매형에게 갈 데가 있는데 같이 가달라고 부탁했다. 어머니가 어디를 가냐고 물으셨다. 나는 내 목 5센티미터 아랫부분을 손가락으로 가리켰다. 아버지와 어머니, 누나도 고개를 끄덕였다.

매형과 택시를 타고 집 근처 강으로 갔다. 강가에 서서 목걸이를 풀어 걸려있던 반지를 뺐다. 3년간 손가락에 있었고, 2년 반 동안 목에 걸었던 커플링을 있는 힘껏 강에 던졌다. 지치고 포기하고 싶을 때마다 이 반지를 어루만지며 이 순간이 오기만을 기다렸다. 이제는 목적을 이루었기에 과감히 던져버렸다. 그리고 마음속에 품어왔던 그 한마디를 했다.

"나쁜년"

매형은 엿이라고 바꿔먹지 왜 아깝게 버리냐고 물었다. 나는 가벼운 미소만 지었다. 매형이 물었다.

"이제 진짜 끝?"

"네, 진짜 끝!"

3차 면접은 크게 걱정이 되지는 않았다. 차분하게 면접관들의 질문에 답을 했고, 99.9%의 합격률을 떨어뜨리는 역할을 하지는 않았다.

매년 시험 합격자 발표 직후 학원이 주최하는 합격자 공부 방법 설명회에서 발표할 수 있는 기회가 주어졌다. 간단한 발표 후 수험생들의 질의응답이 있었다. 한 남자 수험생이 수험기간 동안 여자친구가 있었는지, 있었으면 연애와 수험을 어떻게 조율했는지를 물었다. 나는 잠시 생각을 정리하고는 입을 열었다.

"수험가에 '있는 연애 깨지 말고 없는 연애 시작하지 마라'라는 말이 있는데요, 없는 연애 굳이 시작하지 말라는 말 동의합니다. 대신 있는 연애 깨지 말라는 말은 반만 동의해요. 깨야 될 필요가 있으면 깨셔야 한다고 생각합니다. 수험 생활에 방해가 된다면 수험을 깰지 연애를 깰지 진지하게 고민해보세요. 그리고 연애를 깨야겠다는 생각이 확실해지면 단호하게 행동하세요. 전 시험 직전에 깨짐을 당해본 경험이 있는데 생각보다 타격이 컸습니다."

마지막 말로 강의실이 숙연해졌다. 비록 공부 방법 설명회였지만 공부 방법보다 진짜 수험생활에 필요한 정보를 전해줬다고 생각한다. 경험해 본 사람만이 알 수 있는 진짜 정보를.

정우와 승락이에게도 내 트라우마에 대해서 말하지 않은 이유는 특별하지 않았다. 이 말을 입 밖으로 꺼내면 어쩔 수 없이 과거 그녀에 대한 안 좋은 말이 나올 수밖에 없다. 비록 그녀가 타인에게 나의 욕을 하고 다녔을지언정, 나는 그렇게 하고 싶지 않았다. 아버지를 제외하고 유일하게 말 한 사람은 의형제이자 정신과 의사인 진영이 뿐이었다.

노무사가 된 다음 야구장에 딱 한 번 간 적이 있다. 명함

이벤트에 응모를 하고 화장실에 가는 길에 나에게 트라우마를 안겨준 그 여자와 마주쳤다. 그 여자에게 꼭 물어보고 싶은 말이 있었다. 여행가자며 받아간 돈은 잘 썼냐고, 그날 나를 찾아온 진짜 이유가 뭐였냐고! 하지만 물을 수 없었다. 남자친구로 보이는 사람과 손을 잡고 있는 모습이 너무나도 역겨워서 참지 못하고 화장실로 달려갔다. 점심 때 먹은 것까지 전부 토해내고는 그대로 야구장에서 나가버렸다.

소영 씨가 야구장에서 내 이름을 봤다고 한 날이 이날이다. 명함 이벤트에 당첨되면 스크린으로 당첨자를 비춰준다. 소영 씨는 내 이름이 어머니의 이름과 같아서 여자라고 생각했기에 나를 찾아온 거라고 말했었다. 내가 도중에 야구장을 떠나버리지 않았으면 소영 씨는 내가 남자라는 사실을 알았을 것이다. 그리고 아마도 퇴직금 문제를 내가 아닌 다른 노무사에게 맡겼을 것이다. 신기하게도 내 트라우마가 견고해진 이 날, 소영 씨와 나는 같은 장소에 있었다.

*****

긴 회상의 끝은 소영이었다. 정연은 잠시 소영만을 떠올렸다. 내가 그녀에게 느끼는 감정은 어떤 것일까, 단순한 연민이었을까 아니면 그 이상일까, 무슨 용기가 튀어나와 그녀에게 연락하고 싶다는 말을 꺼낸 걸까, 나는 과연 이 트라우마를 이겨낼 수 있을까…….

오늘은 이상하리만치 자신의 깊은 고민을 털어놓고 싶었다. 핸드폰을 집어 들어 즐겨찾기 목록에 있는 한 사람에게 전화를 걸었다.

"여보세요? 아침부터 무슨 일이야?"

"그냥, 누나랑 통화 좀 하고 싶어서. 매형이랑 로이는?"

"주말이라 그런지 일어날 생각을 안 하네."

"통화가 길어질 것 같은데 괜찮아?"

"동생이랑 오랜만에 오랫동안 대화하겠네."

정연의 긴 이야기가 끝나자 누나가 물었다.

"그래서 어떻게 하고 싶어?"

"내 마음, 나도 모르겠어."

"우리 동생한테 이렇게 말해주고 싶어. 과거의 일 때문에 앞으로의 행복을 져버리지 말라고. 정연아 넌 진짜 솔직하고 착해. 넌 사랑할 자격도, 사랑받을 자격도 충분해. 그러니까 너 자신을 힘들게 하는 과거를 이겨냈으면 좋겠어."

누나와의 통화는 이렇게 끝이 났다. 정연은 누나의 마지막 말을 떠올렸다. 사랑할 자격, 사랑받을 자격이라……. 얼마 전에 읽은 소설 글귀가 머리에 떠올랐다. 내용이 또렷하게 기억이 났지만 그 글귀를 다시 눈으로 읽고 싶어졌다. 책장에서 줄리언 반스의 '연애의 기억'을 꺼냈다. 첫 장을 열었다.

'사랑을 더 하고 더 괴로워하겠는가,
아니면 사랑을 덜 하고 덜 괴로워하겠는가?
그게 단 하나의 진짜 질문이다, 라고 나는, 결국, 생각한다.'

심장이 두근거리기 시작했다. 그래! 고작 하루밖에 지나지 않았잖아. 지금이라도 소영 씨에게 전화를 하는 거야. 무슨 말을 할지 고민하지 말고, 그냥 내 마음이 원하는 말을 하는 거야! 핸드폰을 집어 들었다. 주소록에서 '정소영'이라고 입력했다. 이제 통화버튼만 누르면 돼. 누르기만 하면 돼. 검지를 천천히 움직였다. 조금만, 조금만 더!

하지만 생각처럼 되지는 않았다. 숱한 도전에도 불구하고, 손가락 하나 마음대로 움직이지 못하는 자신이 한심하고 답답했다. 결국, 홈 버튼을 누르고는 스마트폰을 침대 위로 던졌다.

*****

인간은 과거로부터 영향을 받으며, 두려움 역시 과거로부터 기인한다. 그러나 이겨내려고 한다면 언젠가는 극복할 것이다. 사랑은 감사하게도 이런 역할을 한다. 지금의 정연처럼.

저마다의 사연

그녀들의 이야기

*****

“제가 좀 늦었죠? 많이 기다리셨어요?”

“아니에요. 저희도 조금 전에 도착했어요.”

“이거 하나씩 받으세요.”

“우와! 청첩장이네요?

“저도 아직까지 실감이 안 나요. 두 분 꼭 오셔야 해요. 알았죠?”

“네. 정말 부러워요. 결혼이라니.”

“두 분도 곧 하실 건데요 뭘. 저 커피 받아올게요.”

"진짜 좋으신가 보다. 얼굴에 웃음꽃이 활짝 피셨어. 결혼이라니, 진짜 부럽다."

"응……. 넌 남자친구 있잖아. 너희는 결혼 얘기 아직이야?"

"양가에서 이야기 나오기는 하는데 아직 잘 모르겠어. 남친이 정말 좋긴 한데 결혼은 진짜 신중해야 하는 거잖아."

"오늘 검사 만났는데 조만간 판결 날 것 같아요. 자백도 했고, 범죄 사실이 명확하니 재판부에서도 신속하게 결정 내리려나 봐요."

"결과는 어떻게 되는 거예요?"

"지금까지는 두 분에 대한 혐의만 명확한 거지만, 추가적으로 범죄 사실이 더 있는지 밝혀낼 거예요. 더 있다면 형량이 추가되겠죠. 제 경험상 분명 더 있을 것 같아요."

"그 나쁜 자식들. 아오! 진짜! 정말 김 변호사님 덕분이에요."

"제가 한 게 뭐가 있다고요. 수련 씨는 새 직장 알아보고 계시다고요?"

"네. 웹디자이너는 부르는 데가 많긴 한데, 이번 일 겪으면서 좀 더 신중해졌어요. 월급은 좀 적더라도 정말 괜찮은 회사인지 많이 알아보고 들어가려고요."

"소영 씨, 노무사 공부는 어때요?"

"아직까지는 잘 모르겠어요. 일단 민법이랑 경영학 기본부터 하고 있는데 처음 접하는 공부라 많이 생소하고 어려워요. 그래도 재밌긴 해요."

"공부하시다가 막히는 부분 있으면 언제든지 연락하세요. 노동법은 나름 자신 있거든요. 그리고 정연 오빠도 있잖아요."

"정연 노무사님이요?"

"제가 오늘 두 분 만나자고 한 건 부탁할 일이 있어서예요. 청첩장은 겸사겸사고요."

"부탁할 일요?" / "부탁이요?"

"다름이 아니고 정연 오빠 문제에요."

"노무사님요?"

"정연 오빠 어머니한테 들은 얘긴데요, 예전에 진지하게 만나던 사람이 있었데요. 그런데 그분이랑 많이 안 좋게 헤어졌나 봐요. 노무사 공부할 때요. 정연 오빠가 예전에는 진짜 밝은 사람이었는데 지금은 그렇게 밝아 보이지 않아요. 아마도 전 여자친구랑 어떤 문제가 있었지 않았나 싶어요. 오빠 아버지는 뭔가를 아시는 것 같은데 말씀을 안 해주신대요."

"그런데 그런 말씀을 왜 저희에게……?"

"소영 씨랑 같이 있을 때 예전의 오빠 모습을 보는 것 같아서요. 뭐랄까, 그 느낌 같은 거 아시죠?"

"맞아요. 그 오묘한 거 저도 느꼈어요. 그런데 소영이만 아니래요."

"야아……."

"그래서 소영 씨한테 부탁드리는 거예요. 혹시 정연 오빠를 조금이라도 좋게 생각한다면 먼저 다가가 주시면 안 될까 싶어서요. 정연 오빠가 먼저 다가가지는 못할 것 같아서요. 남의 연애에 이래라 저래라 하는 건 좋은 게 아니지만 저한테 정연 오빠는 가족만큼 가까운 사람이거든요. 그래서 모르는 척할 수가 없었어요."

"……."

"변호사님도 보셔서 아시겠지만 소영이도 정연 노무사님 좋아하는 것 같아요. 그치, 소영아?"

"네……. 수련이 말 맞아요. 저 노무사님 좋아해요."

"와! 다행이다. 언제부터에요?"

"처음부터 호감은 있었어요. 저 입원했을 때 노무사님의 솔직한 모습을 봤어요. 좋아하게 된 건 그때부터 인 것 같아요. 실은 제 퇴직금 사건 끝나고 노무사님이 먼저 다가오신 적이 있었어요."

"정연 오빠가요? 그래서요?"

"그런데 그때는 제가 누군가를 만난다는 생각을 할 여력이 없었어요. 정연 노무사님 정말 좋은 사람 같아 보였고, 저도 호감이 있었는데 그 당시에는 어쩔 수가 없었어요……."

"그래서 거절하신 거예요?"

"거절……, 했다고 하기도 그렇고, 안 했다고 하기도 애매하게 되어버렸어요. 그날 집에 가서 많이 울었어요. 왜 하필 지금인지……."

"소영 씨, 괜찮아요. 중요한 건 지금도 소영 씨가 정연 오빠를 좋게 생각한다는 거고, 정연 오빠도 똑같아 보이니까요. 저랑 수련 씨가 최대한으로 도와줄게요. 그렇죠, 수련 씨?"

"네!"

마주, 보다

시간은 약이 아니다.

그저, 버티고 옅어질 뿐이다.

상처와 치유는 결국 사람의 몫이다.

*****

그녀와 그의 시간

소영은 정연의 연락을 기다렸다. 고시촌으로 집을 옮긴 첫 주는 핸드폰을 손에 꼭 쥔 채 공부를 했다. 하루, 이틀이 지나고 일주일이 한 달로 변하자 소영은 정연이 밉기도 했다. 어느 날은 정연에게 전화가 와도 받지 않겠다고 다짐했지만 다시 핸드폰만 바라보기를 수도 없이 반복했다. 한 달 그리고 일주일이 지난날부터 핸드폰을 고시원에 놓고 학원에 갔다.

여전히 공부를 끝내고 집에 오면 핸드폰부터 확인했지만 이전만큼 초조하지는 않았다. 언제든지 정연에게 연락이 온다면 기쁘게 받고 싶었다. 하루하루에 최선을 다할 이유가 확실해졌다. 소영은 나름의 방식대로 정연을 기다렸다.

정연은 하루하루가 지날수록 미칠 것만 같았다. 벌써 한 달 반이었다. 시간이 지날수록 연락하기는 더 힘들어진다는 걸 알면서도 정작 짧은 문자 한 통, 통화버튼을 누르는 작은 행동조차 하지 못하는 자신이 싫었다.

시계를 쳐다봤다. 노동위원회에 가야 할 시간이 다가오고 있었다. 마음도 찹찹한데 그런 사람과 맞붙어야 된다니……. 사측에서 선임한 노무사가 생각나자 정연의 입에서 한숨이 나왔다. 정연은 최근 맡게 된 두 개의 비정규직 사건을 떠올렸다.

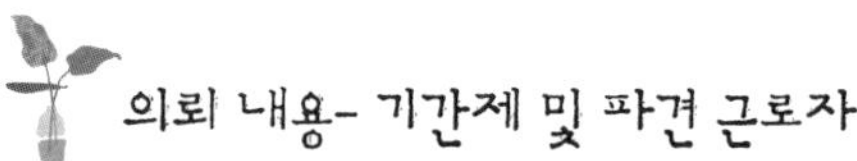

한 달 전이었다. 아침 8시경 출근 준비를 하고 있는데 민

주 사무장에게 전화가 왔다.

“오늘 저 늦어요. 어제 말씀드린 거 기억하시죠?”

“네, 기억해요. 오늘 퇴원하신다고 하셨잖아요.”

“기억하고 있네요? 요즘 정신줄 놓고 사시는 줄 알았는데 완전히 놓은 건 아니네요?”

“뭐 좀, 저 괜찮아요. 오늘 하루는 쉬시라니까.”

“사무실에 우리 남편보다 더 걱정인 사람이 있어서 안 돼요. 아무튼 이따가 봐요.”

민주 사무장의 남편은 예상보다 상태가 빨리 호전되었다. 힘든 일이 있었지만 그래도 가족과 다시 합칠 수 있게 되었으니 다행이라고 해야 하나? 하긴, 내가 지금 남 걱정할 땐가, 정연은 자신도 모르게 한숨을 쉬었다.

9시 30분이 지나갈 무렵 사무실 문이 열렸다. 민주 사무장의 자리에서 문서 작업을 하던 정연은 출입문 쪽으로 고개를 돌리며 인사를 했다.

"생각보다 일찍……. 안녕하세요. 어떻게 오셨나요?"

민주 사무장이 아니라 40대 초반으로 보이는 여성이었다.

"안녕하세요. 상담받으러 왔습니다."

"혹시 저희 사무장님이랑 약속 잡으셨나요? 이 시간에 상담 있다는 말은 못 들었는데."

"아니에요. 예약 따로 안 했는데……. 죄송합니다. 다음에 다시 오겠습니다."

"잠시만요."

방으로 들어간 정연은 자신의 일정을 재차 확인하고 다시 로비로 나왔다.

"시간 괜찮을 것 같아요. 이쪽에 앉으시겠어요?"

여성은 정연이 손으로 가리킨 자리에 앉았다. 그녀는 정연에게 문자메시지 하나를 보여주었다.

"며칠 전에 이런 문자를 받았어요."

"'오늘 자로 근로계약 기간이 만료되었습니다. 그동안 수고하셨습니다.'네요? 혹시 기간을 정해놓고 일을 하셨나요?"

"네. 1년 근무하고 1년 또 연장해서 2년 근무했습니다. 지난주가 마지막 날이었어요."

"기간제 근로계약의 경우 기간이 종료되면 근로계약도 자동으로 종료됩니다. 해고가 아니에요. 따라서 받으신 문자메시지는 기간 종료를 알려주는 의미일 뿐이라서 딱히 문제되는 건 없어 보이네요."

"아, 그런가요……. 알겠습니다. 상담비는 얼마를 드리면 될까요?"

"아니에요. 기대하신 말을 못 해드려 유감입니다. 조심히 가세요."

여성은 미약하게나마 한숨을 쉬며 출입문 쪽으로 걸어갔다. 그때, 민주 사무장이 어깨로 문을 밀며 들어왔다.

"저 왔어요. 어머, 미선 언니! 언니가 여긴 웬일이에요?"

아는 사이인가? 정연은 손을 맞잡고 반갑게 인사를 나누는 민주 사무장과 미선을 번갈아 쳐다봤다. 그녀들은 조금 전 상담을 한자리에 앉아 대화를 이어나갔다. 정연은 대화가 끊기지 않게 조심스럽게 다가가서 물었다.

"저, 커피 사올 건데 사다드릴까요?"

"오늘은 금요일이니까 골드 라떼로 부탁해요. 언니는 바닐라 라떼."

"저는 괜찮아요."

"언니, 우리 노무사님 커피 사주는 거 좋아하시니까 부담 안 가져도 돼요. 그렇죠?"

"좋아하는 것까지는 아니지만 뭐, 그렇죠? 그럼 사올게요."

정연은 커피를 사서 사무실로 돌아갔다. 화기애애할 줄 알았던 분위기는 커피를 사러 갈 때처럼 밝지 않았다. 미선은 손수건으로 눈물을 닦고 있었고, 민주 사무장은 미선의 어깨를 다독이며 위로를 하고 있었다. 정연은 커피 캐리어를 조심스럽게 테이블 위에 올려놓았다. 자신의 방으로 발걸음을 옮기려는 찰나, 민주 사무장의 말이 정연의 발을 멈추게 했다. 정연이 말했다.

"사무장님! 방금 한 말 다시 해보세요."
"네? 아, 나쁜 사람들요?"
"아니요. 그 말 전에 했던 말이요."
"정규직 시켜준다는 말이요?"

잘못 들은 게 아니었다. 정연이 미선에게 물었다.

"혹시 사측에서 정규직으로 전환시켜준다는 약속을 했었나요?"
"네, 그랬어요. 바보같이 그 말만 믿었다가……."
"저희 상담 다시 시작해요. 아까는 해고가 아니라고 했는데 해고가 맞을 수도 있어요."
"네?"

민주 사무장 옆자리에 정연이 앉자 미선은 자신의 이야기를 시작했다. 정연은 그녀의 말을 빠짐없이 들으며 쟁점이 되는 부분들을 메모했다.

기간제 즉, 기간을 정한 근로계약의 쟁점은 크게 두 가지다. 재계약이 되리라는 정당한 기대를 인정해주는 '갱신기대권' 또는 기간의 정함이 없는 근로자로 전환되리라는 정당한 기대를 인정해 주는 '전환기대권'. 이러한 근로계약과 관련된 부분이 가장 큰 쟁점에 해당한다.

[갱신기대권(전환기대권)]

대법원판례 2016.11.10. 2014두45765

기간제법은 제5조에서 "사용자는 기간의 정함이 없는 근로계약을 체결하고자 하는 경우에는 당해 사업 또는 사업장의 동종 또는 유사한 업무에 종사하는 기간제근로자를 우선적으로 고용하도록 노력하여야 한다."라고 규정하고, 제8조 제1항에서 "사용자는 기간제근로자임을 이유로 당해 사업 또는 사업장에서 동종 또는 유사한 업무에 종사하는 기간의 정함이 없는 근로계약을 체결한 근로자에 비하여 차별적 처우를 하여서는 아니 된다"라고 규정하고, 제9조 제1항에서 "기간제근로자 또는 단시간근로자는 차별적 처우를 받은 경우 노동위원회법 제1조의 규정에 따른 노동위원회에 그 시정을 신청할 수 있다"라고 규정하고 있다.

위 각 규정의 내용 및 입법 취지에 앞서 본 기간제근로자의 기대권에 관한 법리를 더하여 살펴보면, 근로계약, 취업규칙, 단체협약 등에서 기간제근로자의 계약기간이 만료될 무렵 인사평가 등을 거쳐 일정한 요건이 충족되면 기간의 정함이 없는 근로자로 전환된다는 취지의 규정을 두고 있거나, 그러한 규정이 없더라도 근로계약의 내용과 근로계약이 이루어지게 된 동기와 경위, 기간의 정함이 없는 근로자로의 전환에 관한 기준 등 그에 관한 요건이나 절차의 설정 여부 및 그 실태, 근로자가 수행하는 업무의 내용 등 당해 근로관계를 둘러싼 여러 사정을 종합하여 볼 때, 근로계약 당사자 사이에 일정한 요건이 충족되면 기간의 정함이 없는 근로자로 전환된다는 신뢰 관계가 형성되어 있어 근로자에게 기간의 정함이 없는 근로자로 전환될 수 있으리라는 정당한 기대권이 인정되는 경우에는 사용자가 이를 위반하여 합리적인 이유 없이 기간의 정함이 없는 근로자로의 전환을 거절하며 근로계약의 종료를 통보하더라도 부당해고와 마찬가지로 효력이 없고, 그 이후의 근로관계는 기간의 정함이 없는 근로자로 전환된 것과 동일하다고 보아야 한다.

판례 전문보기

다른 하나는 기간의 정함이 '있'는 근로자와 기간의 정함이 '없'는 근로자를 합리적인 이유 없이 차별하는 경우 이 차별을 시정하는 것이다. 차별인지를 판단하기 위해서는 비교 대상 근로자의 존재가 필수적이다. 비교 대상 근로자가 없다면 차별이 성립될 수 없기 때문이다. 비교의 기준이 되는 근로자와의 차별에 합리적인 이유가 없는 경우 차별이 없었더라면 받을 수 있었던 것들을 청구할 수 있기에 이를 판단하는 실익은 실로 크다.

[합리적 이유가 없는 불리한 처우 여부 판단]

대법원판례 2012.3.29. 2011두2132

기간제근로자보호법 제2조 제3호는 '차별적 처우'를 '임금 그 밖의 근로조건 등에서 합리적인 이유 없이 불리하게 처우하는 것'으로 정의하고 있다. 여기에서 불리한 처우란 사용자가 임금 그 밖의 근로조건 등에서 기간제근로자와 비교 대상 근로자를 다르게 처우함으로써 기간제근로자에게 발생하는 불이익 전반을 의미하고, 합리적인 이유가 없는 경우란 기간제근로자를 다르게 처우할 필요성이 인정되지 않거나 다르게 처우할 필요성이 인정되는 경우에도 그 방법·정도 등이 적정하지 않을 경우를 의미한다. 그리고 합리적인 이유가 있는지 여부는 개별 사안에서 문제된 불리한 처우의 내용과 사용자가 불리한 처우의 사유로 삼은 사정을 기준으로 기간제근로자의 고용형태, 업무의 내용과 범위, 권한과 책임, 임금 그 밖의 근로조건 등의 결정요소 등을 종합적으로 고려하여 판단하여야 한다.

판례 전문보기

[차별의 전제가 되는 비교대상 근로자]

대법원판례 2014.11.27. 2011두5391

비교대상 근로자로 선정된 근로자의 업무가 기간제 근로자의 업무와 동종 또는 유사한 업무에 해당하는지 여부는 취업규칙이나 근로계약 등에 명시된 업무내용이 아니라 근로자가 실제 수행하여 온 업무를 기준으로 판단하되, 이들이 수행하는 업무가 서로 완전히 일치하지 아니하고 업무의 범위 또는 책임과 권한 등에서 다소 차이가 있다고 하더라도 주된 업무의 내용에 본질적인 차이가 없다면 특별한 사정이 없는 이상 이들은 동종 또는 유사한 업무에 종사한다고 보아야 할 것이다.

판례 전문보기

이렇게 해서 맡게 된 사건이 하나, 그리고 다른 하나는 이로부터 3주 정도 뒤에 있었다.

점심 식사 중 금석 사무장이 정연에게 물었다.

"정연아, 오늘 저녁 약속 있어?"

"아뇨, 없어요."

"우리 조카가 Z 자동차 공장 사내하도급업체에서 근무하

는데 자꾸만 원청에서 일을 시킨대. 근데 정도가 좀 심한가 봐. 그래서 상담받고 싶다는데 저녁밥 먹으면서 이야기 좀 들어줘."

"네, 알겠어요. 형님도 같이 가시는 거죠?"

"응. 메뉴는 당연히 아귀찜?"

"두말하면 입 아프죠."

오후 7시에 맞춰 정연과 금석은 구월동에 있는 아귀찜 전문점으로 이동했다. 금석의 조카는 약속 시간보다 약 20분 늦게 도착했다. 그는 상의 작업복을 입고 있었다.

"처음 뵙겠습니다. 김준모라고 합니다. 갑자기 업무가 추가돼서 조금 늦었습니다. 죄송합니다."

"괜찮습니다. 오정연이라고 합니다. 오시느라 수고하셨어요."

"오느라 고생했다. 여기가 차가 좀 막히는 편이긴 한데 맛 하나는 끝내줘."

"노무사님의 아귀찜 사랑에 대해서는 익히 들었습니다. 자다가도 깨실 정도라고 하시던데요."

"그 정도까지는 아니에요."

"저번에 우리 놀러 갔을 때 그랬잖아. 깨워도 안 일어나더니 '정연아 아귀찜먹자' 그러니까 바로 일어나던데 뭘. 15년간 가둬놓고 아귀찜만 줘도 기쁘게 버틸 거야 분명."

아귀찜이 나오기 전까지 실없는 대화가 오갔다. 김준모는 금석 못지않게 붙임성이 상당했다. 그 덕분에 원청인 Z 자동차 직원들과도 가깝게 지낸다고 했다. 하지만 사이가 좋은 것과는 별개로 부당한 대우에 대해서는 쌓인 게 많았다. 김준모가 한숨을 섞어가며 정연에게 말했다.

"저희는 연차도 마음대로 못 씁니다."

"연차휴가는 사업에 특별한 지장이 없는 한 승낙을 하는 게 원칙입니다. 마음대로 못 쓰신 정확한 이유가 뭔가요?"

"일단 본사 직원들이 연차를 쓰면 저희는 못 씁니다. 그 본사 직원의 빈자리에서 우리가 대신 일해야 하니까요."

"그러면 본사와 하청업체 간에 업무의 구분이 없다는 말씀이신가요?"

"그건 아닙니다. 구분이 되어있긴 한데, 업무가 그렇게까지 전문성이 필요한 것도 아니고 기본적인 제조 단계에 투입되는 거라서 상황에 따라 본사 업무를 보기도 합니다."

전문성이 높지 않고, 휴가 등을 본사에서 통제한다. 그리고 무엇보다 제조 단계라면 다른 가능성도 염두에 놔야 한다. 정연은 김준모의 말들을 머릿속에 메모하며 질문을 이어갔다.

"혹시 채용될 때도 본사와 연관이 있었나요?"

"네, 저희 회사를 포함해서 사내하도급 업체가 2개 있긴 한데, 채용공고는 전부 본청 홈페이지에 올라옵니다. 면접도 같이 보고요."

"인사평가는요?"

"근태관리도 본청 직원이 한다고 들었습니다. 그걸 저희 회사 관리직에게 전달하는 형식으로요."

"교육이나 훈련은요?"

"그것도 마찬가지입니다. 같이 일하는 사이니 집단교육도 같이 받습니다."

"작업 설비도 본청에 있는 것들을 같이 쓰고요?"

"네, 맞습니다."

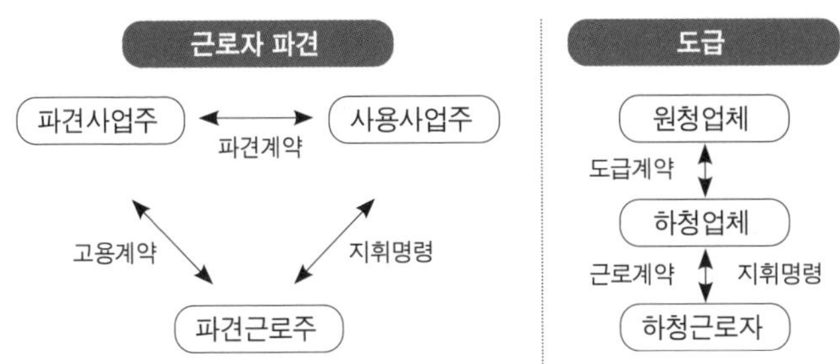

정연은 머릿속 메모를 하나로 묶었다. 이 정도면 이름은 사내하도급으로 되어 있지만 사실상 근로자 파견과 크게 다르지 않아 보인다. 실질은 파견 그러나 외형은 도급.

파견과 도급은 몇몇 차이점이 존재한다. 파견은 대상 업무를 법에서 정하고 있지만 도급은 그렇지 않다. 근로자 사용 기간도 파견은 동일 근로자를 2년 이내에 사용해야 하지만 도급은 제한이 없다. 또한, 파견은 사용사업주가 업무지시를 하지만 도급은 직접적인 업무지시를 도급인인 원청업체가 수급인인 하청업체의 근로자에게 할 수 없다.

이러한 차이점에도 불구하고 파견이 아닌 도급의 형식으로 근로자를 사용하는 까닭은 사용 기간에 제한을 받지 않고, 파견법에서 정한 업무의 범위를 넘어서는 업무를 시키기 위해서다. 정연이 말했다.

"지금 말씀해주신 내용대로라면 이건 사내하도급이 아니라 파견근로라고 볼 여지도 있겠네요."

"파견이요? 저희 회사가 파견회사도 아니고, 저 역시 파견을 나온 것도 아닌데 어떻게 파견이 된다는 건지 전혀 이해가 되지 않습니다."

"근로자 파견은 사용자가 두 명입니다. 실제적으로 업무를 지휘하고 명령하는 사용사업주와 근로계약의 당사자인 파견사업주로 구분됩니다. 반면, 도급사업에서는 사용자는 근로계약의 상대방인 사용자 한 명뿐이죠."

"네……."

"일단은 도급사업인지 근로자 파견인지를 구분해야 합니다. 근로자 파견이 맞다면 그 효과는 상당하니까요."

정연은 스마트폰으로 '파견과 도급의 구별 기준'에 대한 대법원판례를 검색해서 김준모에게 건네줬다. 김준모는 이해가 잘 안 되는지 정연이 물을 두 잔을 마시고도 한참이 지나서야 스마트폰을 돌려줬다.

[파견과 도급의 구별 기준]

대법원판례 2015.2.26. 2010다106436

원고용주가 어느 근로자로 하여금 제3자를 위한 업무를 수행하도록 하는 경우 그 법률관계가 위와 같이 파견법의 적용을 받는 근로자 파견에 해당하는지는 당사자가 붙인 계약의 명칭이나 형식에 구애될 것이 아니라, 제3자가 당해 근로자에 대하여 직·간접적으로 그 업무수행 자체에 관한 구속력이 있는 지시를 하는 등 상당한 지휘·명령을 하는지, 당해 근로자가 제3자 소속 근로자와 하나의 작업집단으로 구성되어 직접 공동작업을 하는 등 제3자의 사업에 실질적으로 편입되었다고 볼 수 있는지, 원고용주가 작업에 투입될 근로자의 선발이나 근로자의 수, 교육 및 훈련, 작업·휴게시간, 휴가, 근무태도 점검 등에 관한 결정 권한을 독자적으로 행사하는지, 계약의 목적이 구체적으로 범위가 한정된 업무의 이행으로 확정되고 당해 근로자가 맡은 업무가 제3자 소속 근로자의 업무와 구별되며 그러한 업무에 전문성·기술성이 있는지, 원고용주가 계약의 목적을 달성하기 위하여 필요한 독립적 기업조직이나 설비를 갖추고 있는지 등의 요소를 바탕으로 그 근로관계의 실질에 따라 판단하여야 한다.

판례 전문보기

"만약 제가 파견 근로자로 인정되면 어떻게 되나요?"

“그게 제일 중요하죠. 고용노동부 장관에게 허가를 받은 근로자파견업체로부터 2년을 초과하여 파견 근로자를 사용한 사용자는 그 근로자를 직접 고용해야 할 의무가 발생합니다. 고용노동부 장관에게 허가를 받았더라도 파견법에서 금지하는 업무를 시켰다면 즉시 고용 의무가 발생하고요. 가장 대표적인 게 제조생산공정업무에요.”

“제가 하는 일이네요?”

“그렇죠. 그리고 도급사업인 척 근로자를 사용한 회사가 고용노동부 장관에게 허가를 받았을 리는 만무하죠. 허가받지 않은 근로자파견업체에서 파견근로자를 사용한 경우도 사용사업주는 직접고용의무를 집니다.”

“맙소사, 그러면 제가 Z 자동차 정규직이 된다는 말씀이세요?”

“결과적으로는 그렇죠. 하지만 그 과정이 순탄치만은 않습니다. Z 자동차에서 순순히 직접 고용하라는 말을 받아들일 거라고는 생각되지 않네요.”

“그러면 어떻게 해야 되죠?”

“소송이요. ‘근로자 지위 확인의 소’를 제기해서 승소하면 Z 자동차 정규직이 됩니다.”

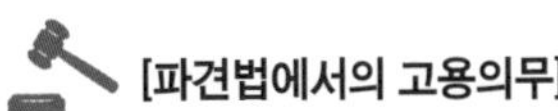

[파견법에서의 고용의무]

대법원판례 2015.11.26. 2013다14965

개정된 파견법 하에서 파견기간 제한을 위반한 사용사업주는 직접고용의무 규정에 의하여 파견근로자를 직접 고용할 의무가 있으므로, 파견근로자는 사용사업주가 직접고용의무를 이행하지 아니하는 경우 사용사업주를 상대로 고용 의사표시에 갈음하는 판결을 구할 사법상의 권리가 있고, 그 판결이 확정되면 사용사업주와 파견근로자 사이에 직접고용관계가 성립한다. 또한 파견근로자는 이와 아울러 사용사업주의 직접고용의무 불이행에 대하여 직접고용관계가 성립할 때까지의 임금 상당 손해배상금을 청구할 수 있다.

판례 전문보기

금석 사무장이 정연에게 물었다.

“정연아, 노무사는 소송대리권이 없다며?”

“형님, 이런 일 아주 잘할 것 같은 사람 한 명이 떠오르지 않으세요?”

“누구? 아, 맞다. 김 변호사님! 아직 안 돌아오셨지?”

“신혼여행을 2달 가까이 가는 커플은 처음 보네요. 일단, 제가 자료 조사 다 해놓고 미주에게 넘기면 복귀 선물로 딱

이겠죠?"

"크크, 어쩌면 결혼식 사회 실수한 거 그냥 넘어갈 수도 있겠다."

기억 속의 두 사건을 떠올린 정연은 다시 시계를 봤다. 이제 정말 일어나야 할 시간이었다. 오늘은 민주 사무장의 지인인 윤미선 의뢰인의 노동위원회 심문이 있는 날이었다. 주섬주섬 노동위원회에 갈 채비를 하고 있는 정연에게 민주 사무장이 말을 걸었다.

"노무사님, 오늘 잘 부탁해요. 말부터 뱉는 사람들 꼭 혼내주고 와야 돼요. 알았죠?"

"네, 최선을 다해서 싸워볼게요. 그런데……, 아니에요. 다녀올게요."

정연은 기대감을 비추는 민주 사무장에게 자신감 없는 모습을 보여주고 싶지 않았다. 확실한 물증 없이 간접적인 정황만으로 싸워야 했기 때문이다.

무엇보다 정연을 불안하게 한 건 사측에서 고용한 노무사였다. 독사 노무사 배종운! 그는 박우영의 사건에서 악의적인 인간이라는 프레임을 씌웠었다. 그의 사람을 말려 죽이는 논증법을 경험한 정연이었기에 오늘 그가 어떤 방식으로 나올지 무척이나 긴장이 되었다.

심문이 시작되자 정연과 배종운은 설전을 이어나갔다.

"대법원판례에 따르면 기간제 근로자를 기간의 정함이 없는 근로자로 전환하는 일련의 규정이 없더라도 전환기대권이 인정됩니다. 1년의 근로계약이 종료된 후 재계약되었을 당시의 상황을 유추해 보거나 기존의 사례, 근무태도나 업무 실적 등 제출한 자료를 종합적으로 검토해 보면 정당한 기대권이 형성되었다고 판단됩니다. 이러한 전환기대권을 배제한 채 일방적인 계약기간 만료 통보는 부당해고에 해당하며, 근로관계는 지속되고 있다고 봄이 타당합니다. 따라서 기간제법 제4조 제1항에서 규정하고 있는 2년이라는 사용 제한 기간을 초과하였기에 동조 제2항에 따라 정규직 근로자로 보아야 합니다."

"재계약과 정규직 전환은 엄연히 다릅니다. 정당한 기대권이란 상호의 신뢰관계 하에서 발생하는 것이지 근로자 한 쪽만의 기대를 정당한 기대권이라고 할 수는 없습니다."

"제출한 서류를 보시면 신청인은 계약직 근로자 중 가장 높은 업무성과를 보였을 뿐만 아니라 지금까지 계약직 근로자 중 실적이 높은 사람을 정규직으로 전환한 관행에 비추어 보더라도 정당한 기대권이 형성되어 있다고 보기 충분합니다."

"신청인은 관행에 대해 오해를 하고 있습니다. 관행이라고 인정되기 위해서는 장기간에 걸쳐 형성된 것이어야 하는데, 기간제 근로자를 정규직으로 전환한 사례는 매년 있어오지 않았기에 관행을 언급하는 것은 적절하지 않습니다."

배종운은 정연의 주장을 정면으로 전부 반박했다. 결국 제자리걸음이었다. 이렇게 되면 곤란한데! 정연은 주먹을 불끈 쥐며 피신청인인 부사장에게 질문을 시작했다.

"피신청인은 근로자 채용의 최종권한을 가지고 있지요?"

"그렇습니다."

"근로계약 당시 신청인에게 실적과 근태가 우수하면 정규직으로 전환시켜준다는 말을 한 적이 있습니까?"

"전환시켜 줄 수! 있다고는 했습니다."

"애매하게 표현하시네요. 그런 표현이 근로자에게 부당하게 노력을 강요한다는 생각은 안 하셨습니까?"

"회사의 방침을 설명한 게 잘못이라는 말입니까?"

"그렇다면 신청인을 정규직으로 전환시키지 않은 이유는 무엇입니까?"

"계약직을 정규직으로 바꿔주지 않은 이유요? 계약기간이 끝났으니까요."

"신청인은 가장 일찍 출근해서 가장 늦게 퇴근했습니다! 그렇게 2년을 근무했습니다!"

"그렇게 하면 정규직이 될 거라고 생각했나 보죠."

"신청인은 근무평정이나 실적면에서도 가장 우수했습니다. 여기에 대해서 입장을 밝혀주시죠."

"그동안 수고했네요. 지금 증거도 없이 이러는 게 더 부당하다고 생각되지 않습니까?"

부사장의 말처럼 증거가 없었다. 문건의 기록도 없고, 오로지 정규직 전환을 약속했다는 의뢰인의 주장에만 의존할 수밖에 없는 상황이었다. 정연의 질문을 부사장은 미꾸라지처럼 이리저리 피해갔다. 별다른 소득 없이 질문을 끝낸 정연이 자리에 앉자 이번에는 배종운이 입꼬리를 한쪽으로 올린 채 특유의 비릿한 미소를 보이며 신청인에게 질문을 했다.

"신청인은 1년의 계약기간이 끝나고 재계약이 된 이유가 뭐라고 생각하십니까?"

"근무태도와 실적이 좋았기 때문이라고 생각합니다."

"좋았다고 생각한 근거는요?"

"다른 직원들보다 높은 점수를 받았습니다."

"다른 직원들요? 정확히 말씀해주세요. 다른 직원들이란 어떤 직원들을 말하는 거죠?"

"계약직 근로자들입니다."

"맞습니다. 사측은 계약직 근로자를 새로 뽑기보다는 실적이 좋은 계약직 근로자와 재계약 하는 것이 효과적이라고 판단했습니다. 그렇다면 다시 물어보죠. 신청인의 실적과 정규직 직원들과의 실적을 비교해보면 어떻습니까?"

“크게 차이가 나지는 않았습니다…….”

“크게요? 그러면 작게라도 차이가 났다는 말인가요?”

“아, 아닙니다. 비슷했습니다.”

“맞습니다. 비슷했습니다. 정규직 직원들보다 실적이 월등했다면 사측에서도 정규직 전환을 먼저 제안했을 겁니다. 이게 정규직으로 전환되지 못한 근거입니다.”

“정규직 직원들은 오랫동안 그 업무를 해왔잖아요. 저는 2년 만에 그들과 비슷한 성과를 냈다고요!”

“그 사실 부정하지는 않겠습니다. 그렇다면 신청인은 자신의 성장 가능성을 정당한 기대권이라고 말씀하시는 거군요?”

윤미선은 분통이 터졌는지 눈물을 흘리며 부사장을 향해 외쳤다.

“처음부터 이럴 의도로 정규직 전환시켜준다는 말을 한 건가요? 사람 그렇게 부려먹으려고 일부러 그러셨어요?”

부사장은 정장 재킷의 깃을 당겨 옷매무새를 정돈하더니

천천히 팔짱을 꼈다. 고개를 왼쪽으로 돌린 그는 윤미선을 향해 비웃음을 섞어가며 말했다.

"하하, 정규직 시켜준다는 그런 말, 제가 하긴 했는데, 증거 있습니까?"

순간 귀를 의심했다. 정연이 조심스럽게 되물었다.

"네?"
"그러니까! 내가 그런 말을 한 건 맞는데, 증거 있냐고! 증거도 없이 말이야."

정연은 자리에서 벌떡 일어나 위원들을 향해 외쳤다.

"자백했습니다. 방금 피신청인이 정규직 전환을 약속했다는 자백을 했습니다."

이제야 상황을 이해했는지 부사장은 자신이 말실수를 한 거라고 번복을 했다. 하지만 한 번 내뱉은 말은 주워 담을 수는 없는 법! 어디 이번에도 미꾸라지처럼 빠져나가 보시지! 줄곧 굳어있던 정연의 얼굴에 희미한 미소가 떠올랐다.

정연은 상대측 노무사에게로 시선을 움직였다. 아무리 독사같은 노무사라지만 이런 상황에서는 어찌할 수 없어 보였다. 그저 입도 다물지 못한 채 미간을 좁히며 자신의 의뢰인만을 쳐다볼 뿐이었다. 정연은 이 판이 이런 식으로 뒤집힐 거라고는 꿈에서조차 생각지도 못했었다.

심문장을 나오는 발걸음은 어느 때보다 가벼웠다. 윤미선은 이제야 웃음을 되찾았다. 자신이 생각해도 조금 전의 상황이 말도 안 되게 웃긴 모양인지 퉁퉁 부은 눈으로 한참을 웃었다. 그러다 정연과 눈이 마주치자 또 한참을 함께 웃었다. 미선은 웃음 때문에 가득 차버린 눈물을 닦으며 정연에게 말했다.

"노무사님, 정말 수고하셨어요. 결과가 어떻게 되더라도 이제는 여한이 없어요. 살면서 이렇게 통쾌한 적은 없었던 것 같아요."

"꼬리가 길면 밟힌다더니 딱 그런 상황 같아요. 말로 사기친 자, 말로 망하리. 이런 거 아닐까요?"

이들은 또다시 한참을 웃고는 서로 인사를 하며 헤어졌다. 정연은 자신의 심장이 두근거림을 느꼈다. 기분이 좋아서만이 아니었다. 지금이라면 무엇이든 할 수 있을 것만 같았다. 그리고 이 기쁜 이야기를 꼭 전해주고 싶었다. 그 사람에게!

상의 안쪽 주머니에서 스마트폰을 꺼냈다. 심호흡을 하고 한 달 반 동안 바라만 봤던 이름을 주소록에 적었다. 이제 통화버튼만 누르면 돼. 오늘은 꼭 눌러줘, 부탁해 내 검지. 천천히 손가락을 움직였다. 이번에도 바로 앞에서 멈췄다. 아니야! 오늘은 할 수 있어!

신호음이 울렸다. 전화를 하긴 했지만 어떤 말을 해야 하지? 신호음이 5번 울리고, 10번 울리고 더 울려도 사람 목소리는 나오지 않았다. 하긴, 한 달 반이나 지났는데……. 그래도 전화 하긴 했잖아. 잘했어. 아, 그런데 왜 이렇게 코끝이 찡하지……. 정연은 애써 자신을 위로했다.

스마트폰을 다시 안 쪽 주머니에 넣고 주차장으로 걸어갔다. 크게 기대는 안 하면서도 혹시라도 진동이 올까 온몸의 신경을 왼쪽 가슴에 집중시켰다. 차에 시동을 걸 때까지도 진동은 울릴 생각을 하지 않았다. 공부 중이라 전화를 못 봤을 수도 있잖아. 그러니까 실망하지 마. 일부러 안 받은 건 아닐 거야. 실망하지 마, 실망하지, 실망하, 실망, 하…….

한 달 반이면 45일, 시간으로 따지면 1080시간, 분으로 쪼개도 64800분, 너무 늦긴 했어. 늦어도 너무……. 그런데 왜 이렇게 아쉽고 아쉽지. 다시 전화를 걸어볼까? 하지만 조금 전 같은 용기를 내기란 쉽지 않았다.

한동안 관심과 집중은 스마트폰에만 있었다. 일을 하다가도 소영에게 전화가 오지는 않을까 스마트폰을 쳐다봤지만 미동도 하지 않았다는 걸 확인하고는 다시 일을 하기를 수차례 반복했다. 한 시간, 두 시간, 세 시간. 시간이 흐를수록 스마트폰을 바라보는 횟수도 줄었고 마음속의 조급함도 조금은 옅어져갔다. 집에 갈 때는 체념이라도 한 듯 스마트폰을 가방에 넣어버렸다.

집에 도착해서 뜨거운 물로 샤워를 했다. 정신 상태를 그대로 반영이라도 하듯, 폼 클렌징으로 머리를 감았고, 바디워시로 세수를 했다. 그래서 씻는 시간이 많이 길어졌다. 본의 아니게 온몸을 구석구석 씻고 나온 정연은 냉장고에서

맥주 한 캔을 집어 들었다.

맥주를 한 모금 마시면서 거실 바닥에 털썩 앉았다. 시선은 테이블 위에 올려둔 휴대전화로 향했다. 머릿속에는 어떠한 생각도 들어있지 않았다. 입도 바보처럼 벌린 채 '멍'한 상태 그대로 앉아 있었다.

그때, 절대 울리지 않을 것만 같았던 핸드폰이 움직이기 시작했다. 적막만이 맴돌던 집을 가득 채우기 충분한 진동음이었다. 침을 꿀꺽 삼키고 테이블까지 무릎으로 걸어갔다. 스마트폰을 집어 들었다.

아, 뭐야. 이 사람들은 퇴근도 안 하나! 바라던 전화는커녕 화면에는 '보험 권유'라고 적혀있었다. 정연은 한가득 실망을 담아 스마트폰 화면을 왼쪽으로 그었다. 대기화면이 나타났다. 알림창이 하나 떠 있었다. 심장이 터질 듯이 뛰기 시작했다.

두근두근 두근두근

'부재중, 의뢰인 정소영, 9분 전'

심장은 점점 빨리 뛰었다. 침조차 삼켜지지 않았다. 눈을 비비고 다시 비볐다. 그녀가 틀림없었다. 방금까지 마음 속 깊이 자리 잡았던 불안함은 온데간데없이 사라졌다. 무슨 말을 하지? '소영 씨, 잘 지내셨어요?' 아니야, 너무 평범해. '공부는 잘 되시나요?' 아니야, 너무 상투적이야. '연락 너무 늦게 드려 죄송해요' 고해성사도 아니고! 오늘 노동위원회에서 있었던 일을 말할까? 그건 너무 뜬금없잖아. 그래! 고민하지 말자. 일단 전화를 하자!

통화 연결음이 울렸다. 한 번, 두 번 그리고 더이상 아무 소리도 들리지 않았다. 휴대전화를 귀에서 떼서 화면을 쳐다봤다. 통화 시간은 가고 있었다. 전화기가 이상한가? 정연은 고개를 갸웃거리고는 다시 핸드폰을 귀로 가져갔다.

"여보세요? 소영 씨?"

1초, 2초. 전화를 다시 걸어야겠다고 생각한 찰나에 목소리가 들렸다.

"안녕하세요."

"소영 씨?"

"안녕하세요. 잘 지내셨어요?"

"네. 아, 아니요. 그러니까 잘 지낸 건 아니고 그럭저럭 지냈어요. 소영 씨는 잘 지내셨어요?"

"저도 그럭저럭……. 전화가 와 있어서 많이 놀랐어요. 연락 안 하실 줄 알았는데……."

"죄송해요. 제가 너무 늦게 연락드린 건 아닌지……."

"아니에요. 그런 말 들으려고 한 말 아니었어요. 이번 주부터는 핸드폰 안 들고 공부하러 갔어요. 핸드폰 가지고 있으면 괜히 연락이 오지는 않을까 기대만 하게 되고, 이제 정말 그만 기다려야 한다는 생각도 들고……."

부끄러웠다. 난 고작 몇 시간만으로도 이렇게 초조하고 불안했는데, 소영 씨는 한 달 반 동안이나 이 기분을 느꼈다는 말인가, 정연은 소영에게 너무나도 미안했다. 정연이 말했다.

"우리 만나요. 제가 갈게요."

"네? 갑자기요?"

"그러니까, 저, 그러니까요. 줄 거 있어요. 드릴 거 있어요."

"줄 거요?"

"내일 시간 괜찮으세요? 내일 우리 만나요."

"아, 내일 주말이라 수업이 없긴 한데……."

"그럼 오후 6시에 9동 치안센터 골목에 있는 첫 번째 카페에서 만나요. 알겠죠?"

"네……. 알겠어요."

심장에 손을 댔다. 통화하기 전만큼 강하게 뛰지는 않았지만 여전히 손바닥에 쿵쾅거림이 느껴질 정도로 뛰고 있었다. 방에 들어가 쇼핑백을 가지고 나왔다. 안을 확인했다. 정연은 초조한 듯 입술을 어루만졌다. 이걸로는 부족해.

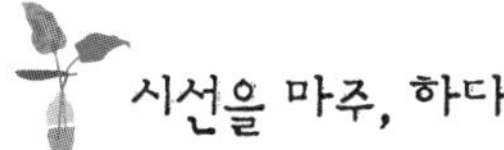

시선을 마주, 하다

다음 날 아침. 정연은 노동법 강사 선생님께 전화를 했다.

"오 노무사, 이게 얼마만이에요? 잘 지내셨어요?"

"선생님, 안녕하세요. 제가 너무 오랜만에 연락드렸죠?"

"오랜만은 맞는데 그래도 목소리 들으니까 반갑네요. 그런데 무슨 일로?"

"다름이 아니고, 모의고사 자료 좀 받고 싶어서요. 괜찮을까요?"

"모의고사요? 드릴 수는 있는데 갑자기 왜요?"

"제 지인이 노무사 공부를 시작했는데 조금이라도 도움이 되고 싶어서요."

"그래요? 알겠어요. 메일 주소 문자로 보내주세요."

행정쟁송법 선생님께도, 인사노무관리론 선생님께도 오랜만에 연락을 해서 3년 치 모의고사 자료를 받았다. 일단 자료는 받았고, 6시까지 고시촌에 가려면 서둘러야겠다! 정연은 쇼핑백을 챙겨 집을 나섰다.

오랜만에 찾아온 고시촌은 달라진 게 많지 않았다. 여전히 백팩에 추리닝을 입은 사람들로 가득 차 있었다. 5515번 버스가 다니는 비좁은 거리를 지나자 대학동 치안센터가 나타났다.

여기서 오른쪽으로 꺾으면 소영 씨가 있다. 소영 씨에 대한 나의 감정은 무엇인지, 나를 억누르던 트라우마에서 벗어날 수 있을지, 오늘 그 답을 찾을 수 있을까? 정연은 두근거리는 심장을 진정시키며 발걸음을 옮겼다. 발걸음은 무겁지도 그렇다고 가볍지도 않았다.

소영과 만나기로 한 카페가 눈에 들어왔다. 정연은 깊게 심호흡을 두 번 하고 카페 안으로 들어갔다. 구석진 자리에 앉아 있는 소영이 보였다. 다시 한 번 심호흡을 하고 걸어갔다.

"소영 씨."

정연이 보였다. 진짜 너무했어! 절대 안 웃어줄 거야! 소영은 자신도 모르게 지어지는 미소를 억지로 감췄다. 하지만 심장의 두근거림은 숨길 수 없었다. 소영은 한 시간 전부터 정연을 기다리고 있었다. 노동법 교재를 보고 있었지만 책은 한 장도 넘어가지 않았다. 소영은 책을 덮으며 정연에게 인사를 했다.

"안녕하세요."

정연과 소영은 잠시 동안 아무 말도 없이 서로를 바라보았다. 어색하기는 했지만 지난번과는 달리 서로 시선을 피하지는 않았다. 소영이 물었다.

"줄 거 있다고 하셨는데……."
"아, 네! 잠시만요."

정연은 가방에서 하나씩 주섬주섬 꺼내며 말을 했다.

"고시촌 밥은 입에 맞으세요?"
"그럭저럭이요. 많이 맛있는 거는 모르겠는데 먹을 만은 해요."
"다행이네요. 이거는 양배추로 만든 약인데 혹시 소화가 잘 안 되고 그러면 꼭 드세요. 속 안 좋으면 공부하는 데 불편하잖아요."
"이 약 저도 알아요. 감사합니다."
"그리고 이거는 펜에 넣어서 쓰는 건데 글씨 교정도 되고 아무튼 있으면 좋아요."

소영은 필기 교정 기구가 신기하다는 듯이 만지작거렸다.

"귀마개는 수험생 필수품이죠. 그리고 공부하시다가 졸리실 때 쿠션 깔고 엎드리시면 조금이나마 덜 불편하실 거예요. 필기하실 때 손목보호대는 꼭 하셔야 되고요."

"이걸 전부 다 사오신거예요?"

"오다가 주웠어요. 그러니까 부담 갖지 마세요."

"포장도 안 뜯겨있는데 오다가 주우셨다고요?"

"마트, 마트에서 주었어요."

"마트에서 주어요?"

소영은 두 눈을 깜빡거리며 의아하다는 표정으로 정연을 봤다. 당황한 정연은 손동작을 섞어가며 말했다.

"마트에서 돈 내고 주었어요. 절대 훔친 거 아니에요."

당황스러워하는 정연의 반응에 소영이 미소를 지었다. 바보 같기도 했지만 오히려 귀여워 보이기도 했다. 절대 웃지 않겠다는 다짐은 온데간데없이 사라진 채 소영은 치아가 보일 듯이 미소를 띠었다. 정연과 소영 사이에 흐르던 어색함이 점점 녹아내리고 있었다. 정연은 소영에게 사과하고 싶었다.

"미안해요. 제가 많이 늦었죠?"

"아니에요. 딱 시간 맞춰서 오셨는걸요?"

"그거 말고요……."

"저, 솔직히 많이 기다리긴 했어요. 그래도 괜찮아요. 이렇게 와주셨잖아요. 기다린 보람이 있는걸요?"

"사정이 조금 있었어요. 나중에 우리 많이 친해지면 그때 꼭 말씀드릴게요."

정연은 미소로 대답을 대신 하는 소영에게 쇼핑백을 건넸다.

"실은, 지난번에 소영 씨 만난 다음 날, 만나면 드리려고 준비해뒀었어요. 비록 지금에서야 드리는 거지만."

자신과의 만남을 줄곧 준비해왔다는 말에 소영의 마음에 남아 있던 조금의 섭섭함마저 눈 녹듯 사라졌다. 쇼핑백 안을 살펴본 소영의 입에서 '우와!'라는 탄성이 흘러나왔다.

"노동법이랑 인사관리 교수님 책들이네요? USB도 있고?"

"제가 공부할 때 읽은 책인데 다행히 이후에 개정판이 아직 안 나와서 공부하시는 데 무리 없으실 거예요. 중간중간에 형광펜으로 칠해둔 부분 빼고는 정말 깨끗하게 썼어요. 그리고 USB는 강사님들 3년 치 최신 모의고사 자료에요. 소영 씨 공부하시는데 조금이라도 도움이 되고 싶었어요."

"교수님 책들 너무 비싸서 중고로 살까 고민하고 있었어요. 모의고사 자료도 구하기 어려웠을 텐데, 정말 감사합니다."

또 말없이 서로를 잠시 마주 봤다. 정연도, 소영도 눈을 피하지 않고 서로를 차분하게 바라봤다. 정연은 심장이 점점 빠르게 뛰고 있음을 느낄 수 있었다.

"공부는 어때요? 할만 해요?"

"어려워요. 노무사님도 공부하실 때 이 많은 판례 전부 다 외우신 거예요?"

"전부 다는 아니고 대부분 외우긴 했어요. 역시 암기가 제일 어렵죠?"

"암기도 암기지만 판례 문구 자체가 난해해서 이해가 잘 안 되는 게 많아요."

"판례 문구가 좀 어렵긴 해요. 저도 공부 시작할 때 그것 때문에 정말 고생 많이 했어요. 그런데 대법원에서 법률 해석하는 방법에 대해서 견해를 밝힌 판례가 있는데 그거 본 다음부터는 판례 이해하는 데 도움이 많이 됐어요."

"궁금해요."

"잠시만요, 찾아드릴게요."

[법률 해석의 방법과 한계]

대법원 2009.4.23. 선고, 2006다81035, 판결

판결요지 [1]을 참고해주세요.

판례 전문보기

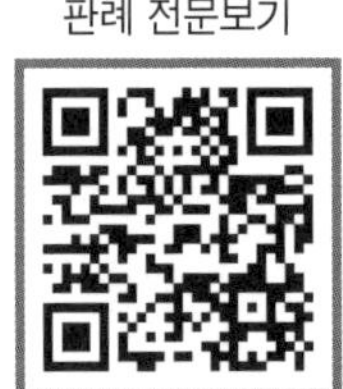

정연은 스마트폰으로 법률 해석의 방법과 한계가 언급된 판례를 찾아 소영에게 건넸다. 소영은 판례를 천천히 읽었

다. 소영이 고개를 갸웃하자 정연이 판결 요지 중간 부분을 손으로 가리키며 말했다.

"여기 보시면 법률 해석은 문언적 해석이 원칙이에요. 만약 문언 자체만으로 해석이 어렵다면 입법 취지나 목적을 토대로 해석해야 하고, 다른 법과의 체계적인 조화도 이루어지도록 해석해야 한다, 이런 의미에요. 이 판례 보시면 다른 판례 이해하시는 데 도움이 될 거예요."

"노무사님이랑 이런 얘기하고 있으니까 왠지 과외받는 기분이에요."

소영은 기뻤다. 공부하다가 막힐 때면 정연이 더욱 생각났었다. 정연 노무사님이 내 남자친구면 바로 전화해서 물어볼 텐데……. 어제까지도 그저 바람일 뿐이라고 생각했던 순간이 현실로 다가왔다.

정연은 소영과 함께 있는 지금이 좋았다. 그러나 소영의 공부 시간을 더이상 뺏기도 미안했다. 어떡하지……. 가만, 그러면 되겠구나! 정연의 표정이 한층 더 밝아졌다.

"그럼 제가 지금부터 과외선생님 할까요? 아까 보니까 노동법 공부하고 계셨던 것 같은데 공부 계속 하실래요? 이해 안 되는 거 말씀하시면 최대한 성심성의껏 설명해드릴게요."

"정말요? 그러면 저야 감사한데, 노무사님은 하실 거 있으세요?"

"그동안 미뤄둔 게 있었는데 오늘부터 제대로 시작해 보려고요."

정연이 가방에서 태블릿 PC와 무선 키보드를 꺼내자 기도하듯이 양손을 깍지 낀 소영이 눈을 반짝이며 물었다.

"저 궁금한데 말씀해주시면 안 돼요?"

"말씀드릴 수 있기는 한데 조금 부끄럽네요. 1년 전부터 계획했던 건데요, 책 쓰는 거예요. 지금까지 맡았던 사건들을 소설 형태로 쓰는 게 제 버킷리스트 중 하나예요."

"그러면 저도 소설에 나오는 거예요?"

"써도, 돼요?"

"당연하죠. 그러면 진짜 우리 이야기네요?"

"우리……, 이야기요?"

너와 나가 아닌 '우리', 우리라는 표현은 많은 것을 의미했다. 정연의 심장이 빠르게 뛰기 시작했다. 숨이 쉬어지지 않을 정도였다. 지금까지 뛰었던 것과는 비교조차 되지 않을 만큼! 이제야 분명해졌다. 오늘 왜 이렇게 설레었는지, 한 달 반 동안 왜 그토록 무기력했는지, 왜 행복한 순간마다 소영이 먼저 생각났는지.

그녀를 향한 그의 마음, 정연은 자신의 감정이 분명하게 느껴졌다. 그리고 자신에게 고백했다. 나는 소영 씨를 좋아한다고, 언제부터인지는 알 수 없지만 분명한 건 나는 소영 씨를 진심으로 좋아하고 있었다고.

소영은 아랫입술을 깨물었다. 고백을 듣고 싶었는데 자신이 한 것만 같아 쑥스러웠다. 정연은 소영을 바라봤다. 난처한 듯 지그시 깨물고 있는 아랫입술, 새빨개진 얼굴, 소영도 자신과 다르지 않아 보였다. 어쩔 줄 몰라 하는 소영이 너무나도 사랑스러워 보였다.

"그러니까 제 말은 노동법 사건들은 보통 사람들이 겪는 그런 일들이고, 그리고 노무사님이랑 저와의 이야기도 있고……. 제가 괜한 말을 꺼내서……."

"아니에요. 그렇게 말 해줘서 고마워요. 진심이에요."

"네? 네……."

순간적으로 민망함을 느낀 두 사람은 서로를 바라볼 수 없었다. 소영은 고개를 숙인 채 책만 봤지만 한 글자도 눈에 들어오지 않았다. 정연도 애써 태블릿 화면만 보는 척 했다. 마치 눈치 게임이라도 하듯 서로가 서로를 힐끔힐끔 쳐다봤다. 그러다가 서로의 눈이 마주쳤다. 둘 다 몰래 보다 걸린 사람치고는 당당하게 시선을 피하지 않았다. 소영은 정연과 꼭 가보고 싶은 곳이 있었다. 소영이 말했다.

"배 안 고프세요? 우리 밥 먹으러 나갈래요?"

"네. 좋아요."

"라면 좋아하세요?"

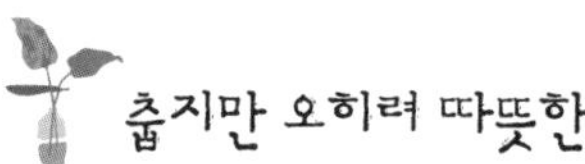

정연은 소영을 따라 고시촌의 비좁은 길가를 걸었다. 뒤에서 다가오던 차가 경적을 울렸다. 차를 피해 옆으로 몸을 돌렸다. 정연과 소영의 손끝이 닿았다. 순간 정연의 머리에 소영과의 첫 만남이 빠르게 스쳐지나갔다.

"죄송해요. 피하려다가 그만. 제가 좀 더 조심했어야 했는데……."

"저 괜찮아요. 이제 정말 괜찮아요. 보세요."

부드러움과 따뜻함, 소영의 온기가 정연의 손으로 전해졌다. 정연의 심장이 다시 터질 듯이 뛰었다. 손을 잡고 조금 걷자 소영이 정연의 눈을 바라보며 물었다.

"노무사님, 아까 버킷리스트 말씀하셨는데 다른 건 뭐예요?"

"총 두 개에요. 하나는 책 쓰는 거랑 다른 하나는 꼭 가보고 싶은 데를 가는 거예요."

"꼭 가보고 싶은데요?"

"제가 제일 감명 깊게 읽은 책이 단테의 '신곡'이에요. 신곡에 보면 베아트리체에 대한 단테의 사랑이 묻어나오는데, 그 사랑이 시작된 도시를 꼭 눈으로 보고 싶어요."

"그 도시가 혹시 '냉정과 열정사이'에 나오는 그 도시에요? 두오모?"

"소영 씨도 피렌체 아세요?"

"그럼요. 피렌체는 제 버킷리스트에요. '냉정과 열정사이' 읽으면서 나중에 꼭 신혼여행은 피렌체로 가야겠다고 결심했을 정도인걸요?"

"신혼……, 여행요?"

정연의 눈이 커졌다. 소영이 별다른 의미 없이 말한 그녀의 버킷리스트였지만, 정연에게는 상당히 의미 있게 들렸다. 그녀와 피렌체에 함께 있을 모습이 머릿속에 그려져서일까, 상상만으로도 정연은 심장이 터질 듯이 설렜다.

소영도 다르지 않았다. 무심코 한 말이었지만, 입 밖으로 나오자 자신도 모르게 피렌체를 함께 갈 남자가 정연처럼 느껴졌다. 너무 앞선 생각일 수 있겠지만, 손을 잡고 있는 그와 그녀는 같은 생각을 하고 있었다.

쑥스러운 듯 아랫입술을 깨물기만 하는 소영, 자신의 심장소리가 소영에게 들릴 것만 같아 조마조마한 정연. 그렇게 핑크빛 분위기 속에서 잠깐의 침묵이 이어졌고, 때마침 고맙게도 정연의 전화벨이 울리며 정적을 깨뜨렸다.

“미주에요. 그런데 영상통화라.”
“저 괜찮아요. 받으세요.”

가볍게 고개를 끄덕인 다음, 전화를 받았다.

“오빠! 어라? 밖이네? 당연히 집일 줄 알았는데.”
“잠깐 나왔어. 수호도 안녕. 여행은 재밌어?”
“형 안녕하세요.” / “응, 완전. 여기 어디게? 맞혀봐.”
“스페인? 영국?”
“아니, 이거 봐봐. 짠!”

화면에 동상이 나타났다. 두 개의 사자 동상과 그 가운데 천으로 몸을 두른 근엄한 표정의 남자. 정연이 그토록 보고 싶었던 그 남자였다.

“이, 이거 단테 아니야? 너 혹시 피렌체야?”
“딩동댕. 우리 신혼여행 마지막 여행지로 딱이지? 오빠 집

주소 보내줘. 피렌체 기념품 싹 보낼게."

"미주야, 혹시 두오모도 보여줄 수 있어?"

"응. 잠깐만 기다려봐."

화면에 둥근 모양의 지붕이 나타났다. 정연은 핸드폰을 소영에게 건넸다.

"어머, 소영 씨?"

"김 변호사님, 안녕하세요."

"뭐예요? 두 사람 같이 있던 거예요?"

"네. 한 시간 전에 만났어요."

"웬일이래, 정말 잘 됐다."

미주는 소영에게 윙크를 했다. 그러자 소영도 윙크를 했다. 둘 만의 신호를 주고받은 소영은 다시 핸드폰을 정연에게 건넸다. 정연이 미주에게 물었다.

"내가 좋아할 만한 선물 준다는 게 피렌체였어?"

"아니, 그건 이미 줬는데?"

“응?”

“이미 받았어. 피렌체는 덤이야. 우리 내일 한국 들어가니까 한국에서 봐. 소영 씨도 안녕.”

통화가 끝나자 정연은 다시 소영을 따라 걸었다. 50보 정도 걷자 소영이 발걸음을 멈추며 말했다.

“여기에요. 종종 여기서 먹는데 진짜 맛있어요. 노무사님도 와보신 적 있으세요?”

“한두 번 와보긴 했어요. 예전에 왔던 곳을 소영 씨랑 다시 오니까 뭔가 새로운 기분이에요.”

“춥다. 우리 들어가요.”

소영은 일반 라면을, 정연을 치즈 라면을 주문했다. 라면이 나오자 소영은 머리를 오른쪽으로 넘기고는 호호 불어가면서 먹었다. 정연은 잠시 넋 놓고 소영을 바라봤다. 라면 먹는 모습도 이렇게 예쁠 수가 있구나. 가만, 나 왜 이래? 한 달 반 동안이나 망설이던 사람 맞아? 그래도 예쁜 건 예쁜 거니까. 입가에 지어지는 미소를 숨길 수 없었다. 시선은 소영에게 고정시킨 채 라면 그릇은 보지도 않으며 젓가락을 움직였다. 정연은 먹지 않아도 충분히 배가 부를 행복한 식사를 할 수 있었다.

식사를 마치자 소영이 카운터에 서서 지갑을 꺼냈다. 고시생활을 3년이나 했기에 정연은 고시생에게 한푼한푼이 얼마나 소중한지를 잘 알고 있었다. 넉넉하지는 않았으나 어찌되었든 경제활동을 하는 자신이 내고 싶었다.

"소영 씨, 제가 낼게요."

"아니에요. 우리 첫 식사잖아요. 제가 내고 싶어요."

"그래도……."

소영은 방긋 웃으며 계산을 했다. 가게에서 나오자 소영이 말했다.

"오늘 선물도 주시고 이렇게 와주셨는데 제가 드린 건 라면뿐이라서 죄송해요. 실은 여기 올 때마다 노무사님이 지금 제 옆자리에 앉아 있다면 얼마나 좋을까 이런 상상 많이 했어요. 그래서 여기 온 거예요."

"우와, 정말요? 저 진짜 감동 받았어요. 소영 씨와 단둘이 한 첫 식사가 이런 의미가 있었다니! 여러모로 인생 라면이네요."

"얼른 시험 합격해서 더 맛있는 거 매일 사드릴게요."

"소영 씨 매일 보려면 정말 열심히 도와드려야겠다!"

"저, 이거……."

수줍게 미소를 보인 소영은 왼손 옷깃을 올렸다. 손목에는 작게 레터링 타투가 그려져 있었다.

Tomorrow

"타투네요?"

"김 변호사님한테 들었어요. 노무사님께서 소개해주셨고, 비용도 내주셨다고요."

"비밀선물이었는데……. 소영 씨가 잘 이겨낼 거라고 믿었어요. 그래서 작은 선물을 드리고 싶었어요."

"감추고 싶은 흉터였는데 이렇게 예쁘게 변했어요. 감사합니다."

"그런데 왜 tomorrow예요?"

"오늘 조금 힘들어도 더 나은 내일을 보려고요. 저한테 딱 맞는 말인 것 같아서요."

"소영 씨가 이렇게 밝아지셔서 저 너무 기뻐요."

소영은 다시 정연의 손을 잡으며 말했다.

"노무사님이랑 이렇게 같이 있는 게 믿기지 않아요."

"저도요. 소영 씨 고마워요. 기다려줘서. 그리고 제 삶에 찾아와줘서."

소영과 정연은 손을 꼭 잡으며 걸었다. 정연이 처음 고시촌에 온 날만큼 추운 날이었지만 손으로 전해지는 따스함은 추운 날씨마저 잊게 만들었다. 정연은 소영의 고시원 앞에서 그녀를 꼭 안았다. 소영도 정연을 꼭 안았다. 정연은 아주 잠시라도 시간이 멈추길 바랐다. 아쉬움을 뒤로 하고 돌아서려는 정연에게 소영이 잠깐만 기다려달라고 말했다.

방에 짐을 놓고 온 소영은 정연에게 주차한 곳까지 데려다준다며 다시 손을 잡았다. 정연과 소영은 정연의 차와 소영의 고시원을 6번이나 왕복하고서야 아쉬움 속에서 다음 만남을 기약했다.

정연은 여전히 두근거리는 심장 소리를 들으며, 손에 남아 있는 그녀의 온기를 느끼며 집으로 돌아갔다. 집에 도착한 정연은 외투도 벗지 않고 책상에 앉아 노트북을 폈다. 그리고는 언젠가 소영에게 선물할 자신과 소영의 이야기를 한 글자씩 적어 내려갔다. 평범하지만 어쩌면 아주 특별한 '우리' 이야기를.

*****

사람은 상처를 주기도, 때로는 받기도 하지만 상처를 치유해주는 주체 역시 사람이다. 소영의 아픔을 해결해준 정연처럼, 정연의 아픔을 보듬어준 소영처럼. 그리고 서로를 마주 본 소영과 정연처럼.

*****

Epiloguel.

계절은 바뀌고, 또 바뀌고, 한 번 더 바뀌어 더움이 물러가는 계절이 찾아왔다. 그 사이 여러 사건이 있었다. 신혼여행에서 돌아온 미주는 김준모의 근로자 지위 확인 소송을 완벽하게 승리로 이끌었고, 현재는 엄마가 될 준비를 하고 있다. 민주 사무장의 남편은 회사에 복귀했고, 정석 노무사는 기러기 아빠를 청산하고 가족과 함께 살고 있다. 금석 사무장도 사랑하는 사람이 생겨 행복한 나날을 보내는 중이다.

정연과 소영은?

아직까지는 '노무사님'과 '소영 씨'인 상태로 지내고 있다. 정연은 소영의 노무사 시험을 위해, 그녀가 시험을 끝내는 순간까지는 이런 관계로 지내는 게 낫다고 생각했다. 그리고 오늘은 소영의 2차 시험이 있는 날이다.

"소영 씨, 괜찮아요. 그만 울어요. 소영 씨, 뚝!"

"방금까지는 괜찮았는데 노무사님 목소리 들으니까 눈물이 멈추질 않아요."

"소영 씨가 어려웠으면 다른 사람들도 어려웠을 거예요. 어서 힘내서 내일 시험도 준비해야죠."

"논점을 잘못 잡은 것 같아요. 망한 것 같아요. 매주 과외까지 해주셨는데 정말 죄송해요."

"아니에요. 제가 좋아서 한 거니까 그런 말 하지 마요."

"빨리 내일이 지나갔으면 좋겠어요."

"우리 하루만 더 고생해요. 소영 씨 그동안 잘 해왔으니까 내일도 잘 해낼 거예요."

"시험도 시험이지만……."

"네?"

"내일 시험이 끝나야 노무사님 볼 수 있으니까요. 보고 싶어요."

"저도요. 내일은 시험장 앞에서 딱 기다리고 있을게요."

"정말요? 매번 고마워요."

"소영 씨 존재만으로도 제가 더 고맙죠. 오늘 시험장에 못 가서 미안해요."

"괜찮아요. 그런데 윤 노무사님은 많이 다치신 거예요?"

"차가 완전히 뒤집혔다고는 하는데 많이 안 다치셨기를 기도해야죠."

"노무사님도 운전 조심하세요. 그러면 이따가 전화할게요."

"네, 소영 씨. 힘내요!"

차분한 척 통화를 하기는 했지만 정연은 상당히 조급했다. 선배에게 사고라니! 민주 사무장의 목소리는 상당히 다급했다. 정연이 하던 일을 내팽개치고 갈 정도였다.

서둘러 주차를 하고 응급실로 뛰어갔다. 복도에 들어서자 금석 사무장과 민주 사무장이 보였다. 민주 사무장은 손톱을 물어뜯고 있었고, 금석 사무장은 안절부절 못하며 두 손을 모으고 있었다. 정연을 발견한 민주 사무장이 뛰어오며 말했다.

"노무사님, 빨리 들어가 봐요. 윤 노무사님이 노무사님 보기 전에는 절대 수술 안 하신다고 버티고 계세요."

정연은 마음이 더 조급해졌다. 응급실로 뛰어 들어갔다. 울고 있는 형수님이 보였다. 피투성이인 정석은 정연을 보자 손을 내밀었다. 그 손을 양손으로 움켜잡았다. 정석이 힘겹게 목소리를 냈다.

"우리 정연이 왔구나."

"선배, 이게 무슨 일이에요? 어쩌다가 사고가 난 거예요?"

"정연아, 지금 단체교섭 중인 회사, 거기 노무사가 꼭 필요해."

"그러니까 선배가 얼른 회복하셔야죠."

"한시가 급해. 정연아, 나대신 부탁할게."

"제가요? 제가 단체교섭을요?"

"너라면 잘 할 수 있어. 어서 하겠다고 말해."

"선배……."

"어서!"

"알겠어요. 알았으니까 얼른 수술부터 받으세요."

정석은 정연의 대답을 듣고 나서야 손을 놓았다. 의료진들은 다급하게 정석의 베드를 끌고 사라졌다. 정연은 그렇게 정석 대신 단체교섭 담당자가 되었다.

[노동조합 및 노동관계조정법 편에서 계속]

Epilogue2.

경기도 외곽에 위치한 국도. 검은 정장을 입은 남자는 윤정석 노무사를 기다리고 있었다.

두 시간 전, 정석은 그 남자의 전화를 받았다. 10년 동안 단 한 번도 통화한 적 없었지만, 항상 즐겨찾기에 저장된 번호였다.

"여보세요?"

"잠깐 보자."

가장 친한 친구이자 정석도 인정하는 실력 있는 최고의 노무사. 그러나 지금은 친구라는 단어를 쓰기에도, 동료라는 말을 하기에도 너무나 멀어져 있었다. 그런데도 정석은 먼저 전화를 해준 그에게 고마웠다. 하던 일도 멈춘 채 그가 말한 장소로 향했다.

그는 이미 약속 장소에 나와 있었다. 반가운 마음에 달려가고 싶었지만, 10년이라는 기간은 결코 짧은 시간이 아니었다. 그 역시도 자신을 향해 다가오는 정석에게 친근한 눈길을 주지 않았다. 정석이 천천히 다가오자 그가 말했다.

"그만둬라."
"고작 그딴 말 하려고 바쁜 사람을 여기까지 불렀냐?"
"부탁이다. 그만둬라."

'부탁'이라는 단어, 시간이 많이 지났다지만 정석은 그의 입에서 나오기 힘든 단어라는 걸 알고 있었다. 하지만 결코 물러설 수 없었다.

"웃기는 소리 하지 마. 종운아, 제발! 이건 네 모습이 아니라고! 너는 이런 사람이 아니라고!"

"그럼 어떤 사람인데!"

배종운은 성큼성큼 정석에게로 다가갔다. 눈은 살기로 가득 차 있었다. 정석은 살기의 이유를 알고 있었다. 마음 깊은 곳에 내재된 원망이었고, 자기 스스로를 향한 자책이기도 했다.

"노동조합이 나쁜 게 아니잖아. 그 노동조합만 그랬던 거잖아!"

"그걸 알면서도 그랬나? 그걸 알면서도! 마지막 경고다. 그만둬라."

독사 노무사 배종운, 그가 악명을 떨친 건 사람을 말려 죽이는 화법 때문만이 아니었다. 노동법을 누구보다 잘 아는 그는 사측의 편에서 노동조합을 철저히 깨뜨렸다. 그에게 노동조합은 악(惡)같은 존재였다. 하나뿐인 동생을 죽인 집단, 배종운에게는 그랬다.

“절대! 절대 물러서지 않을 거다. 네가 틀렸다는 걸 꼭 증명할 거다. 내가! 내가 못 한다면 내 동생이! 반드시 증명할 거다.”

“어이가 없군. 그딴 애송이가?”

“정연이는 나보다도, 그리고 너보다도 좋은 노무사야. 넌 절대 정연이를 이길 수 없어!”

“그게 대답인가?”

“그래! 단체교섭에서 보자.”

말을 마친 정석은 몸을 돌려 자신의 차로 돌아갔다. 지금 같은 냉랭한 분위기를 예상 안 한 건 아니었지만, 실제로 그렇게 되자 마음이 몹시도 불편했다. 가장 가까웠던 친구이자 같은 목표를 가지고 있던 동료, 시간이 오래 지났다지만 그때 그를 이해하지 못 한 게 여전히 정석의 마음 한구석에 후회로 남아있었다. 정석은 폐의 공기가 전부 빠져나갈 정도로 깊게 한숨을 내쉰 후, 차를 몰아 그곳에서 빠져나갔다.

배종운은 멀어져가는 정석의 차를 묵묵히 바라봤다. 정석과 배종운은 H 산업의 단체교섭 담당자였다. 그러나 달랐다. 한 명은 노동조합의 편에서, 한 명은 사용자의 편에 섰다.

동생의 무덤 앞에서 약속했다. 너를 죽인 노동조합이라는 단체를 대한민국에서 지워버리겠다고! 10개의 노동조합을 없애는 그날, 동생을 따라가겠다고 스스로를 시한부로 만들었다. 약속대로 그는 1년에 하나씩 노동조합을 해체시켰다. 노동조합이 사라진 기업의 근로자는 더이상 근로조건 개선을 위해 싸울 수 없었다. 근로자의 편에 서겠다는 노무사가 될 때의 다짐은 더이상 그에게서 찾을 수 없었다.

H 산업은 배종운의 마지막 싸움터였다. 그러나 뜻대로 될 수 없었다. 정석이 있었기 때문이었다. 결심을 해야 했다. 정석만 없다면 H 산업의 노동조합을 제거하는 건 시간문제였다. 동생이 죽은 이후, 처음으로 신께 기도를 했다. 제발 정석이 H 노동조합을 떠나기를, 그래서 자신이 정석을 헤치는 일이 없기를!

정석이 말한 자신보다 뛰어나다는 노무사, 그러나 배종운은 상대할 가치조차도 못 느꼈다. 이미 두 번이나 정연을 상대했었다. 첫 번째는 두말할 것 없는 완승이었다. 두 번째는 지긴 했지만, 정연과의 대결로만 본다면 이 역시도 배종운이 압도했다. 배종운에게 오정연 노무사는 아무런 의미도 없었다.

배종운은 참혹한 운명을 탓하며 한숨을 내뱉었다. 그리고 어딘가로 전화를 걸었다.

"시작해."

두 대의 검은색 승합차가 빠르게 정석의 차를 뒤쫓았다.

마치며

우리는 서로에게 다양한 방식으로 영향을 주고, 한편으로는 영향을 받는다. 이는 우리가 인간관계를 중심으로 살아가기 때문이다. 수많은 인간관계 중 현대인에게 빼놓을 수 없는 두 가지를 꼽으라면 이는 '일과 사랑'이지 않을까 싶다. 이 두 인간관계를 소설 〈노무사 오정연〉에서는 노동법과 로맨스라는 측면으로 접근하고 있다.

〈노무사 오정연〉을 아우르는 전체적인 주제는 '상처와

치유'다. 이는 필자가 인간관계를 바라보는 관점이기도 하다. 우리는 누군가에 의해 상처를 받고, 다른 누군가에 의해 그 상처를 치유한다. 그러나 아무나 혹은 아무 사건이나 상처와 치유의 주체가 되지 않는다. 내게 영향을 끼치는 것은 나와의 관련성이다. 즉, 중요한 사람일수록 우리가 받는 상처가 깊고, 그 치유 역시 커진다.

필자와 경험을 공유하는 정연은 마음속 깊은 상처를 지닌 채 살아간다. 이겨내고 싶지만 그러기에는 상처가 너무나도 깊었다. 그래서 그에게 사랑은 저주처럼 느껴졌는지도 모른다. 아이러니하게도 그가 사랑을 주저하게 만든 것은 과거의 사랑이었다.

소영 역시 상처받은 사람이다. 이 책에서는 공개되지 않았지만, 그녀가 다니던 회사에서 어떠한 사건을 겪었고 이는 노무사인 정연을 찾아가는 계기가 되었다. 정연은 소영이 직장에서 받은 상처를 노동법으로, 소영은 정연이 사랑 때문에 받은 상처를 로맨스로 치유한다. 필자는 상처의 주체가 사람이라면, 치유의 주체 역시 사람이라는 것을 주인공들의 이야기를 통해 전하고 싶었다.

정연의 직업은 공인노무사다. 필자가 생각하는 가장 이상적인 사회는 공인노무사가 필요 없는 세상이다. 모든 고용주가 근로기준법과 근로계약서에서 약정한 대로 일을 시키고, 그에 상응하는 임금을 지급한다면 그런 세상이 올지도 모른다. 그러나 우리 사회는 아직 준비되지 않은 듯하다.

이 책은 현재 우리나라에서 쟁점이 되는 주요 노동 사건들을 재구성한다. 삽입해 놓은 대법원 판례는 그 사건들을 해결하는 열쇠다. 판례 전문은 실제 사건에서는 어떠한 요소가 어떻게 작용하는지 살펴볼 수 있어 노동법을 더 넓게 이해하는 데 도움이 된다.

2020년은 전태일 열사의 50주기 추도식이 있었던 해다. 전태일 열사는 노동 개혁을 위해 자신을 바쳤고, 그의 희생으로 현재까지 수많은 근로자가 조금이나마 나아진 근로조건으로 직장생활을 할 수 있게 되었다. 그러나 법으로 강제되는 것조차 지키지 않는 모습이 지금까지도 종종 보이는 것은 아직 개선해야 할 부분이 많다는 것을 말해준다.

전태일 정신은 앎에서 비롯되었다고 생각한다. 독자들이 과거의 필자처럼 '회사에서 알아서 해주겠거니'라는 안일한 생각은 하지 않길 바란다. 노동법을 아는 것은 근로자가 자신을 보호하는 최소한의 장치다. 알아야 주장할 수 있고, 알아야 바뀔 수 있다. 우리가 작은 전태일이 되길 바란다. 그리고 〈노무사 오정연〉이 아주 조금이라도 도움이 되길 바란다.

이 소설을 쓰기 시작한 때에 첫 조카인 민하가 태어났고, 출간을 앞둔 지금 둘째 조카인 승하가 태어났다. 눈에 넣어도 아프지 않을 조카들이 건강하게 자라길, 그리고 이 아이들이 자라서 직장생활을 할 때는 정말로 노동법이 필요 없는 세상이길 바란다.

감수의 글

소설로 써진 노동법이 필요한 이유

어느 날이었습니다. 강의를 마치고 나가려는데 중간 쯤에 앉아있던 한 수험생이 종이 뭉치를 들고 제게 다가왔습니다. 평소에도 이런저런 질문을 많이 하기에 제법 낯이 익었는데, 이 날은 다른 걸 부탁했습니다. 노동법으로 소설을 썼다면서 법률검토를 해달라는 것이었습니다. 노무사 시험 2차는 논문형 서술식으로 치뤄지는데 외울 게 너무 많아서 시험지에 소설을 쓰는 수험생들이 적지 않습니다. 그런데 그런 소설이 아니라 진짜 소설을 썼다라... 한편으로는 노동법으로 소설을 쓰는 게 가능한 일인가?라는 의문도 들었습니다. 이런 기대 반, 걱정 반의 마음으로 원고를 읽어내려 갔습니다. 그리고 두 가지를 느꼈습니다.

우선, 오주안 작가가 수업을 참 열심히 들었구나 라는 선생님으로서의 뿌듯함이었습니다. 다른 하나는, 이 소설을 많은 사람이 읽었으면 좋겠다는 바람이었습니다.

저는 현재 노무사 노동법 강의 외에도 고용노동부계열 공무원 시험 노동법 강의와 노무사 실무를 도맡고 있습니다. 소설 속 오정연 노무사처럼 저 역시 수많은 의뢰인들을 만납니다. 상담을 할 때면 노동법을 모르시는 분들이 상당하다는 것을 자주 느낍니다. 노동법은 근로자를 지키는 방패와도 같습니다. 하지만 어렵다는 인식 때문이랄까 뭔가 접근하는데 벽이 있는 것처럼 느끼시는 분들이 많은 것 같습니다. 모두가 쉽게 접근할 수 있도록 소설로 써진 노동법이 필요한 이유라고 생각합니다.

소설 작업은 처음이라 신선하면서도 즐거웠습니다. 앞으로도 편안하게 다가갈 수 있는 노동법으로 독자님들을 뵙고 싶습니다. 감사합니다.

- 박원철 노무사

스토리 인시리즈 자신만의 가치, 여행, 행복, 일과 삶 등 하루하루 살아가며 마음속에 저장해둔 여러분의 소소한 이야기와 함께합니다. 첫 원고부터 책의 완성까지, 생활프로젝트 '스토리 인' 시리즈

노무사 오정연

초판 1쇄 인쇄 2022년 3월 25일
초판 1쇄 발행 2022년 3월 31일

지은이. 오주안
펴낸이. 김태영

씽크스마트 미디어 그룹
서울특별시 마포구 토정로 222(신수동) 한국출판콘텐츠센터 401호 전화. 02-323-5609
웹사이트. thinksmart.media
인스타그램. @thinksmart.media
이메일. contact@thinksmart.media

***씽크스마트** - 더 큰 생각으로 통하는 길
'더 큰 생각으로 통하는 길' 위에서 삶의 지혜를 모아 '인문교양, 자기계발, 자녀교육, 어린이 교양·학습, 정치사회, 취미생활' 등 다양한 분야의 도서를 출간합니다. 바람직한 교육관을 세우고 나다움의 힘을 기르며, 세상에서 소외된 부분을 바라봅니다. 첫 원고부터 책의 완성까지 늘 시대를 읽는 기획으로 책을 만들어, 넓고 깊은 생각으로 세상을 살아갈 수 있는 힘을 드리고자 합니다.

***도서출판 사이다** - 사람과 사람을 이어주는 다리
사이다는 '사람과 사람을 이어주는 다리'의 줄임말로, 서로가 서로의 삶을 채워주고, 세워주는 세상을 만드는 데 기여하고자 하는 씽크스마트의 임프린트입니다.

***진담** - 진심을 담다
진담은 씽크스마트 미디어 그룹의 인터뷰형 홍보 영상 채널로 '진심을 담다'의 줄임말입니다. 책과 함께 본인의 일, 철학, 직업, 가치관, 가게 등 알리고 싶은 내용을 영상으로 만들어 사람들에게 제공하는 미디어입니다.

ISBN 978-89-6529-311-8 (03810)